Rehenes

Seix Barral Biblioteca Formentor

Nina Bouraoui
Rehenes

Traducción del francés por
Adolfo García Ortega

Título original: *Otages*

Seix Barral, un sello editorial de Editorial Planeta, S. A.
Avda. Diagonal, 662-664, 08034 Barcelona (España)
www.seix-barral.es
www.planetadelibros.com

Primera edición: mayo de 2021
ISBN: 978-84-322-3869-7
Depósito legal: B. 5.896-2021
Composición: Realización Planeta
Impresión y encuadernación: Huertas Industrias Gráficas
Printed in Spain - Impreso en España

El papel utilizado para la impresión de este libro está calificado como **papel ecológico** y procede de bosques gestionados de manera **sostenible**.

A Jean-Marc Roberts

Escribí *Rehenes* como obra de teatro para el París de las Mujeres, festival dedicado a las autoras femeninas.

Fue interpretada por Christine Citti en 2015 en el Théâtre des Mathurins, en 2016 por Marianne Basler en la Bonnieux de Agnès Varda y en la Opéra de Vichy, luego, en 2019, por Anne Benoît y Tommy Luminet en la Comédie de Valence y en el Théâtre du Point du Jour de Lyon.

Como el destino de mi heroína seguía unido al caos del mundo, escribí una nueva versión, inspirada libremente en la obra de teatro, en homenaje a los rehenes económicos y amorosos que somos.

Me llamo Sylvie Meyer. Tengo cincuenta y tres años. Soy madre de dos hijos. Estoy separada de mi marido desde hace un año. Trabajo en Cagex, una empresa de derivados del caucho. Dirijo la sección de ajustes. No tengo antecedentes judiciales.

No conozco la violencia ni he tenido una educación violenta ni bofetadas ni azotes con el cinturón ni insultos, nada. También me es ajena esa violencia que uno lleva dentro y que ejerce contra el otro, contra los otros.

Es una suerte, una suerte enorme. Somos pocos así, soy consciente de ello. Y no es que no conozca la violencia del mundo, la conozco, pero no me traspasa la piel.

Tengo compartimentos para resistir, así soy yo: separo las cosas. Nada malo puede contaminarme. He construido una auténtica fortaleza en mi interior. Conozco cada habitación y cada puerta de esa fortaleza. Sé cerrarlas cuando hay que cerrarlas y abrirlas cuando hay que abrirlas. Y me va bien así.

La alegría es algo que hay que moldear. No sucede por arte de magia. La alegría requiere meter las manos en la tierra, en el barro, en la arcilla, y ahí es donde es posible agarrarla, atraparla.

He buscado la alegría como loca, a veces he

llegado a encontrarla y luego se me ha escapado volando como un pájaro, pero lo he aceptado y he seguido adelante, sin quejarme mucho o solamente un poco.

No sirve de nada quejarse, ni para una misma ni para los demás. Es vulgar y lleva demasiado tiempo.

Me parece que mi tiempo está contado, que mi tiempo es algo precioso. Muy a menudo me siento llevada, empujada, cuando lo que a mí me gustaría de verdad es mirar el cielo y ver pasar las nubes, echarme en un bosque, cerrar los ojos y sentir el calor de la tierra.

Amo la naturaleza. Creo en ella como otros creen en Dios. Me produce siempre un invariable sentimiento de plenitud, de sensación de grandeza, de asombro: el misterio de las estaciones que se suceden, la profundidad de los océanos, el poderío de las montañas, el color de la arena y el de la nieve, el aroma de las flores y el del musgo de los bosques, la inmensidad que nos hace tan pequeños.

Nunca me he derrumbado, jamás, ni siquiera cuando mi marido se marchó hace un año. He resistido. Soy fuerte, las mujeres somos fuertes, más que los hombres, nosotras asimilamos el sufrimiento. Para nosotras sufrir es algo normal. Está en nuestra historia; en nuestra historia de mujeres. Y seguirá siendo así. No digo que esté bien, pero tampoco digo que esté mal. Es incluso una ventaja: no hay tiempo para lamentarse. Y como no tenemos tiempo, pasamos a otra cosa. Rapidito y así nadie se aflige.

Hace un año, cuando mi marido me dejó, no dije nada, no lloré, ni frío ni calor, como con la violencia, calma chicha.

Ya era raro que lleváramos juntos más de veinticinco años. Es mucho tiempo, veinticinco años, mucho tiempo. Son años llenos de costumbres, de amor también, pero seamos sinceros, sobre todo de costumbres, de pequeños hábitos puestos uno detrás de otro. Es una cinta que se desenrolla y que no termina nunca de desenrollarse, no se le ve el final, aunque a veces pensamos en ese final sin creer en él verdaderamente.

La cinta es de un color determinado. Para la vida con mi marido yo elegiría el amarillo pálido. No es que fuera un sol brillante, más bien era entre nubes; todo iba bien, sí, pero en cualquier momento podía suceder una desagradable sorpresa. Y no me equivocaba: un buen día se despertó y me dijo: «Me voy».

No le contesté. Me fui a la cocina, preparé la

mesa para desayunar con nuestros dos hijos, como si nada, y luego me duché muy rápido, como de costumbre.

Cuando digo «muy rápido» es para explicar que tampoco tengo tiempo para el placer. No tengo tiempo. Y es un error, porque el placer es una de las maneras de escapar de lo real.

Había un muro entre mi marido y yo. Un muro que se había levantado poco a poco. Al principio, era una pequeña línea, luego se hizo un pequeño escalón. Nos veíamos todavía, pero tropezábamos cuando uno se acercaba al otro.

El escalón se volvió cada vez más alto y cada uno permaneció en su lado por temor a hacerse daño. Nuestras manos aún podían tocarse, pero había que hacer un esfuerzo. El cemento se espesaba. De pronto dejamos de vernos, de mirarnos, de sentirnos. El muro ya se había levantado y seguía creciendo.

Habíamos acabado sin llegar a decírnoslo porque, en el fondo, lo sabíamos. Esas cosas siempre se saben. Las tememos, pero las sabemos. Es falso eso de que es una sorpresa cuando el otro se marcha. Mentira. A veces, sin admitirlo, lo esperamos, lo provocamos, y cada uno de nuestros gestos lleva a ese desenlace. Cada una de nuestras palabras también. El muro lo hemos levantado los dos. Los dos hemos ido poniendo la arena, el agua, la grava y el hierro para que fraguase bien y nada pudiera llegar a romperlo.

Aquel día, cuando mi marido me anunció que se iba, yo no lloré. Era una noticia como cualquier otra, una más dentro de las noticias del día que yo podría haber integrado: la curva del paro, el calentamiento climático, la subida de precios, la guerra. Era algo importante, pero a la vez también algo sin ninguna importancia. Formaba parte de las cosas generales y no de mi intimidad. Eso era lo más extraño. Mi marido me abandonaba y yo tenía la impresión de que abandonaba a otra mujer. Era como si no me concerniera o me concerniera muy poco. Él no era realmente él ni yo era realmente yo. Él se iba, pero el muro seguía ahí. No lo vi marcharse. Solamente dijo una frase, algo así como, por ejemplo, voy a comprar pan, o a pagar el recibo de la luz, o a recoger la ropa de la tintorería. El lenguaje no significa nada cuando no queremos comprender. Las palabras se vuelven ligeras como pompas de jabón que flotan en el aire y estallan.

Después de la frase de mi marido, dejé al menor de mis hijos en el colegio y luego me dirigí a Cagex. Fiché, fui a mi sección, revisé las máquinas y a los empleados que iban llegando, uno a uno, mis abejas.

No era una jornada especial, tampoco ordinaria, pues en mi mente permanecía la idea de que algo había pasado, que mi marido había decidido marcharse, pero eso no me dolía demasiado, era como una piedra en el zapato, una piedra que aguantas porque no tienes tiempo para quitártela; simplemente lo aplazas y dices «más tarde, más tarde», pero ese más tarde no llega nunca y la piedra se queda allí y no piensas más en ella: forma parte de ti.

Pensándolo bien, había pasado una cosa: había cambiado de lado de la cama. No me había puesto en medio, como habría hecho otra mujer, no, yo me había apropiado de su lado, el izquierdo. Mi cuerpo sobre su cuerpo que ya no estaba ahí, mi piel sobre su piel que ya no sentía contra mí, mi respiración mezclada con su respiración que ya no percibía, mi espalda, mi costado, mis nalgas encima de él que no estaba debajo, aunque a veces me figuraba que sí lo estaba, pero tan solo era un hueco por rellenar.

Yo estaba triste sin admitirlo. Creo que fue a partir de ese momento cuando algo se me desgarró dentro. Nada serio, una especie de fisura que se había tomado su tiempo para abrirse. Y por esa fisura entró todo, lentamente, metódicamente. Como en la naturaleza, todo tuvo una respuesta, un equilibrio.

Y tenía su lógica. Y si no la tenía todavía, la iba a tener, como una explosión. Una explosión que se estaba preparando. El volumen de trabajo por hacer, la vigilancia de los empleados, el miedo al día siguiente, los pedidos por gestionar, los clientes que se pierden, los que había que ganar, al final todo eso se había acumulado.

Me había convertido en la caja de resonancia de Victor Andrieu, mi jefe. Él había cogido la costumbre de hacerme confidencias, aunque, en fin, *confidencias* es una palabra excesiva. No había ningún sentimiento en lo que me confiaba. Para mí, los sentimientos tienen que ver con la ternura. Tal vez me equivoque, pero yo lo pienso así. Se dice «ser sentimental», ¿no? Aquello era más bien una avalancha de miedo. Y yo me niego a clasificar el miedo como un sentimiento, porque el miedo nos disminuye, nos pone al mismo nivel que los animales, y yo no quiero ser un animal, como mucho quiero ser un perro, pero el perrito de mis hijos, no el de mi jefe.

Victor Andrieu cada vez daba más pena. No lograba ocultarlo ni mantenerse firme. Lo cual es un error en un jefe. A mí me parecía un inútil y un débil. No hacía más que lamentarse: que si no podía dormir, que si las deudas, que si la presión, que si la empresa lo agobiaba últimamente. No tenía compasión por ninguno de nosotros. Se la pelábamos, así de claro.

Sylvie, vamos mal en la facturación.

Sylvie, motive al equipo.

Sylvie, cuento con usted.

Sylvie, me ahogo.

Sylvie, el Estado querrá mi pellejo.

Sylvie, no, los jefes no son todos unos cabrones.

Sylvie, cero beneficio, cero aumento.

Sylvie, si yo me hundo, usted se hunde conmigo.

Sylvie, mano dura, más mano dura. ¡Joder, hágase respetar!

Sylvie, después de tanto tiempo, ya somos familia, usted y yo.

Sylvie, tengo total confianza en usted.

Cuento con usted.

Sylvie, usted conoce a todos nuestros empleados mejor que yo.

Sylvie, usted y yo estamos en el mismo bando.

Venga, cielo, adelante, continúe y no me abandone.

Sylvie.

Las frasecitas de Victor Andrieu resonaban como un estribillo. Al principio, no les presté atención. Me sabía de memoria su manera de proceder, de apretar más la tuerca. Más que un jefe, era todo un artesano de la crueldad. Tenía talento para eso. En cuanto a mí, no era cuestión de escoger un bando u otro. Yo velaba por el buen funcionamiento de Cagex, pero siempre bajo la autoridad de mi jefe, como la sombra del cuerpo de mi marido que quedaba bajo el peso de mi cuerpo por la noche.

Yo respetaba las jerarquías.

Siempre me ha gustado mi trabajo, es más, para ser precisos, siempre me han gustado el trabajo, el esfuerzo, el rigor, la puntualidad, la atención, incluso la repetición. La repetición no me asusta. La repetición en el trabajo me tranquiliza. Me siento viva, útil. Sé que mi puesto de trabajo no es el mejor del mundo, pero es un sitio que me permite crecer, como una planta con sus minúsculas ramitas. No soy de las que se pasan, yo voy de «tranquila»: mi sueldo, mi techo y sobre todo una conciencia limpia; dormir bien, sin demasiadas preocupaciones.

El trabajo es la posibilidad de ser feliz o, en cualquier caso, de acercarse a la felicidad. Me gusta creerlo así, incluso cuando la felicidad parece más bien un continente oscuro que se aleja cada vez que creemos estar cerca de él. La felicidad también es la posibilidad de imaginar. Y yo adoro imaginar. Por ejemplo, imagino que me toca la lotería, y eso que no juego casi nunca. Entonces hago cálculos muy precisos, combinaciones, probabilidades, divisiones de mi ganancia entre las personas que quiero (son pocas), las asociaciones, el fisco. Me veo perfectamente en una casa más grande, con un hermoso jardín. No dejaré mi trabajo, pero viajaré, eso seguro. No conozco nada del mundo. Es frustrante afirmar que quedan tantas cosas por descubrir, por admirar, por adorar tal vez. ¿Cómo saber si el país en que vivimos es realmente el país que nos conviene? Yo no lo sé, por eso sueño con dunas, con fiordos, con pirámides, con manantiales milagrosos, con olas tan blancas como la leche. Y repito a menudo por la noche mi fórmula mágica: Kuala Lumpur, Ulán Bator, Acapulco, Bora Bora / Kuala Lumpur, Ulán Bator, Acapulco, Bora Bora.

El trabajo es el anclaje, el barco amarrado al muelle, la seguridad. No es *navegar a la aventura*, al revés, es lo tangible. No me dan miedo el esfuerzo, la fatiga, la incertidumbre. Me digo a mí misma que siempre hay una solución, que nos complicamos demasiadas veces la vida por nada. Y a la gente le encanta eso de complicarse la vida por nada.

El trabajo es tener un cometido, participar en la marcha. Es subirse a la noria y dar varias vueltas con un solo boleto.

Sé que es una entelequia, pero me gusta pensar que nosotros, los trabajadores, estamos unidos, todos juntos, para hacer avanzar las cosas.

Entré en Cagex hace veintiún años. He ido ascendiendo por todos los niveles, uno a uno. Victor Andrieu confiaba plenamente en mí. Yo le daba motivos para ello. Siempre a mi hora, aplicada a la tarea, cerca de los empleados, nombrada delegada sindical y luego supervisora de mi sección —el ajuste—, gratificada a fin de mes, a veces aplaudida en las reuniones de fin de año... Sabía perfectamente separar por un lado a los asalariados, de los que yo formaba parte, y, por otro, a la dirección que me había confiado un cierto poder invisible.

Me hacía oír sin gritar, sin insistir, sin amenazar. Las chicas sobre todo, las obreras, se reflejaban en mí. Estábamos en igualdad. Nunca he humillado a nadie, nunca. Las cosas marchaban bien. Siempre habría necesidad de caucho. No nos sentíamos realmente amenazados, a pesar de la crisis que se iba instalando con los años. Éramos una estructura saneada. Los costes eran cada vez más elevados, pero salíamos adelante. Además, no quería pensar en negativo. Eso nunca. Tengo dos hijos que alimentar, su padre se ha largado y da lo que puede dar. No se lo reprocho, al menos eso es lo que yo creía. Sé que no hay que mezclarlo todo, pero, aun así, hay una causa para lo que hice, el famoso *clic*. No pasó porque sí, no es que un buen día me despertara y dijera: vaya, esta noche Victor Andrieu va a pagar la cuenta de un banquete al que nunca ha sido invitado.

Las cosas no ocurren de golpe. Se dice que maduran, pero yo pienso que se asientan por estratos. Existe un orden. No es algo irracional, está organizado, como la vida. Creo en el encadenamiento lógico de los hechos. Es algo científico. Cuando sucede X, Y no está lejos y Z no existiría sin X ni Y. Esto puede aplicarse muy bien a mi caso, no cabe la menor duda.

Mi marido se fue un buen día, Victor Andrieu me presionó cada vez más y una noche, con toda naturalidad, decidí existir de otra manera. Existir como mujer más libre que de costumbre. Puede parecer una locura, pero quitarle la libertad a alguien ha afirmado mi propia libertad.

Yo ya no era verdaderamente libre. En todo caso, ya no tenía esa sensación. Una no es libre sin amor, sin deseo. Es prisionera de su cuerpo. Es prisionera de los otros, del entorno. Es prisionera del mundo. El amor es la libertad.

Mi marido se fue porque ya no me amaba. Se sentía, a su vez, encerrado en una historia que había dejado de ser vibrante. Esta es mi X: la partida de mi marido. Algo se hundió en mi interior, sin hacer ruido. Yo carecía de violencia, pero cuando mi marido se fue, la violencia llegó y llevaba una máscara sorprendente. Por eso no la reconocí enseguida. La violencia estaba ahí, en todas partes, infiltrada, en mitad de la noche y de madrugada. Dentro de mis bolsillos y en mi piel, en mi mirada, en mis sueños. Ahí, como si fuera tinta. Adoptaba cualquier forma, cualquier textura, se ceñía a cualquier espacio, a cualquier hueco. Tenía un nombre, hoy lo sé, un nombre que corta: se llamaba silencio. Es su forma más peligrosa. Siempre creemos que el ruido es la violencia, pero no, en absoluto es así. El ruido es una falsa violencia. El ruido es la vida, nerviosa, loca, que palpita, que existe. El ruido es el corazón y el vientre. El ruido es la cólera y el rechazo. El silencio estaba en todas partes, en mí y fuera de mí. Era peligroso, pero no le presté atención. No me molestaba el silencio porque el silencio no molesta, sobre todo después de largas jornadas de trabajo, rodeada de máquinas, de compresores que calientan y reducen, en este tipo de industria, pesada, fuerte, sucia, aplastante.

Cuando regresaba a casa, el silencio me envolvía como la seda. Me revolcaba en él, sola en mi cama, ocupando el espacio vacío. La violencia me penetraba. Ya no oía a mis hijos, ni palabras ni voces, todo resbalaba sin llegar a quedarse. La violencia crecía, crecía, crecía. Y un buen día estalló de golpe cuando Victor Andrieu me llamó a su despacho.

Sylvie, he tomado una decisión.

Hay algo que no está funcionando bien y necesito su ayuda.

De verdad.

Y su discreción.

Sabe hasta qué punto confío en usted.

¿No es así?

Usted lo sabe, ¿no, Sylvie?

Yo tengo una moral.

Si usted me ayuda, yo la protejo.

Es un contrato entre usted y yo.

Y solo tengo una palabra.

Lo dicho, dicho está.

Cagex está atravesando por una zona de turbulencias. Al principio, no me inquietaba mucho, pero la zona se ha transformado en un océano, ¿me comprende?

Cada día estamos sometidos a vaivenes más peligrosos.

Ya no se trata de un traspié, ahora son gigantescas hondonadas, tsunamis, si prefiere llamarlo así.

Le he dado muchas vueltas.

Por lo general, soy una persona tranquila.

He buscado eventuales inversores con todas mis fuerzas, sopesando pros y contras.

En cuanto a un posible crédito, olvidémonos de bancos.

Además, los bancos ya no creen en nosotros.

¿Cómo decirlo?

Es a la vez tan sencillo y tan complicado, Sylvie. Los detesto.

De verdad.

Como se detestaría a una mujer que ya no quiere saber más de nosotros.

El dinero es sexual, como usted bien sabe, ¿no?, vaya, no lo sabe y yo me estoy desviando, este no es el tema de nuestra conversación.

Están los dominados y los dominadores.

En eso consiste el dinero, la lógica del dinero.

Así nos aprietan los bancos. Por eso le he dado vueltas y no veo más que una solución.

Es dura, pero no hay más remedio.

Por ahora no puedo reducir costes.

Es imposible.

La situación económica actual no me permite hacerlo.

Y cuando no se puede hacer nada por el lado de las cifras, se aborda el otro lado.

Es tremendo, pero no veo otra solución.

Así que, sí, hay que abordar el lado del personal.

Sé lo que usted va a pensar, lo sé y también yo lo he pensado y eso me pone enfermo, créame.

La cosa es así de clara: en vistas a una próxima ronda de despidos, vamos a tener que elegir.

Y es en esto en lo que usted interviene, mi querida Sylvie.

Le voy a pedir que haga una clasificación.

Me explico: una clasificación es un nicho.

Bonita imagen, ¿no?

Reconfortante, incluso.

Es más que un nido, menos que una sección, algo pequeño que da tranquilidad, que está ahí, algo en lo que creer, aislado.

Y usted, Sylvie, va a hacer su papel. Un magnífico papel.

El del director de orquesta que da la nota, el movimiento, pero no cualquier nota o cualquier movimiento, no: da la mejor nota y el mejor movimiento.

Sepa que no es poca cosa.

He decidido que llene usted ese nicho.

Sí, usted, Sylvie, y solo usted, mi pequeña directora de orquesta.

Se lo explico.

Quiero que, entre todos nuestros empleados, encuentre a aquellas o a aquellos que sean o que no sean nocivos para Cagex.

Quiénes son los más fuertes y quiénes los más débiles.

Quién se desvive en el trabajo.

Quién ficha tarde.

Quién puede adaptarse y quién no lo hará nunca.

Quién es un elemento perturbador.

Quién no da el máximo de sus capacidades. Quién escatima esfuerzos.

Quién desea evolucionar.

Quién sabotea.

Quiero una lista.

Es decir, una clasificación. ¿Lo comprende, Sylvie?

Sí, sé que lo comprende.

Usted es una mujer inteligente y buena, y es tan rara la bondad hoy en día, cada uno va a lo suyo sin pensar en los demás.

Y, sin embargo, el éxito depende de los demás.

Solos no somos nada.

Nada.

Y yo no soy nada sin usted, nada.

Vamos a conseguirlo los dos juntos, estoy seguro. ¿Se imagina?

Formar usted y yo un equipo.

Como bomberos, eso es, seremos los bomberos que salvan la casa en llamas.

Aquí tiene mi mano tendida, cójala.

Obedecí. Acosé, machaqué. Hice listas, establecí categorías. Realicé las clasificaciones. Al principio no me gustaba, pero cumplía con mi tarea, hombro con hombro con Victor Andrieu.

Espié, escuché, señalé. Interrogué, sermoneé. Hacía lo mismo que hace una poli. Estaba allí, pero ya no era yo. La grieta se había convertido en un agujero enorme por el que entraba todo. La violencia lo había invadido todo. Cumplía sus órdenes, incluso me adelantaba a ellas. Seguía su sistema, pero me inventaba otro aún más eficaz. Mis clasificaciones eran hermosas, puro arte. Estaba orgullosa de mí misma, orgullosa de mi maldad. Me había vuelto peor que mi jefe y no me avergonzaba por ello. Me miraba a los ojos en el espejo y me decía «está bien, Sylvie, continúa así, sigue con tu línea, tu trayectoria, te has fijado una meta, vas a alcanzarla y, cuando creas que ya la has alcanzado, persiste, porque en la vida nunca se llega a la meta, nunca, eso es para los perdedores, para los que se quejan o tienen demasiados escrúpulos, pero tú eres la mejor, sabes adónde vas, nadie podrá impedírtelo, y si pierdes a tus amigas, peor para ellas, porque sí, tenías amigas en Cagex, pero, sinceramente, ¿acaso eran amigas tuyas de verdad? ¿Acaso se molestaban en hablar contigo, en saber si te iban bien las cosas? ¿Y por tus hijos?, ¿te preguntaban por tus hijos? No, siempre quejándose, que si un día libre por aquí, que si un aumento de sueldo por allá. ¿Tú crees que eso es amistad? ¿Eh? Por otra parte, nunca has tenido demasiados amigos, es verdad. Desde que tu marido se fue, ¿te han llamado para salir? ¿Te han invitado a tomar un aperitivo? Ni siquiera se han preocupado en hacerlo tus vecinos. ¿Y tus amigos de la infancia? Para nada. Una mujer sola es una amenaza para las demás mujeres. Es la ley del rebaño. A la oveja perdida no se la va a buscar, se la abandona. Se acabaron, pues, las excursiones dominicales. Se acabaron las confidencias, también. Ya no estás en sus vidas, porque tú ya no estás en la vida normal. La amistad ha dejado de existir. Siempre hay una sombra de interés, algo oculto. Porque si no eres tú quien hace el trabajo sucio, alguien lo hará en tu lugar y nadie será indulgente contigo, nadie. Somos indulgentes cuando amamos, y en una empresa no hay nada parecido al amor: tan solo beneficio, seguridad, pues todos los que estamos ahí tenemos miedo de acabar en la calle y de morirnos de hambre, y la calle es lo que te espera si no obedeces a Andrieu. Al fin y al cabo, él te está haciendo un gran favor. Es tu aliado. Pones ojos tiernos cuando te mira, porque estás en el lado bueno. El lado de los ganadores. Te lo has merecido. Y como has trabajado muy bien durante todos estos años, ahora te toca sacar de aquí a las culebras que no hacen nada. Nada, salvo esperar tus favores. Nada, salvo arruinar a la empresa. Y la empresa es un poco tu bebé, ¿no, Sylvie? No lo olvides nunca, eres una auténtica mamá. Así que se acabó la amabilidad. La flexibilidad. Se acabó. Cada cual a lo suyo. Y tú a lo tuyo».

Me sentí perdida y entonces pasó lo que pasó.

Era una mañana de noviembre. La noche devoraba aún el día. El mes de los muertos me llevaba a mi infancia, que yo comparaba con un territorio indestructible, con sus precipicios y sus serenas llanuras, sus dichas y sus pesares.

Desconfío de la gente que nunca piensa en su infancia. Feliz o desgraciada, gris o luminosa, una infancia jamás se olvida. No se le cortan las raíces a un árbol que todavía florece.

Surgían imágenes de mi padre, sosteniéndome sobre los hombros con el torso desnudo y sonriéndole al objetivo de la cámara de fotos que mi madre enfocaba hacia nosotros, cuando ellos aún vivían; mis tres hermanas y mi hermano en segundo plano, con traje de baño, en la playa, con la marea baja: mi padre solía decir que había que ir en busca de la mar, frase que me apenaba, porque yo pensaba que se refería a nuestra madre[1] y que él ya

1. En francés *mer* («mar») y *mère* («madre») se pronuncian casi igual. *(N. del t.)*

la había perdido, como si los hombres y las mujeres no estuvieran hechos para entenderse. Yo nunca estaba delante cuando discutían. Sabía que eran infelices cada uno por su cuenta, agotados por el trabajo, por las preocupaciones que no dejaban espacio a la frivolidad, excepto durante esa semana de vacaciones que pasábamos todos juntos, fingiendo ser una familia unida.

Nunca los vi besarse, estrecharse entre sus brazos. Nunca los oí decirse «Qué guapa eres, me gustas, te echo de menos, no vuelvas muy tarde, cariño, amor mío, te necesito». Nunca vi a mi padre regalarle flores a mi madre. Nunca vi a mi madre ocultarse en sus brazos, bailar con él, reírse de un secreto.

Nunca.

Pensaba en eso aquella mañana de noviembre, reconociendo que yo tampoco había sabido amar a mi marido. Mis padres permanecieron juntos hasta el final. No se divorciaba la gente en aquella época. Prisioneros, no del amor, sino del fin del amor. Cada uno hacía lo que podía. Es imposible adorarse toda la vida. Es imposible estar seguro del otro siempre.

Mi padre me decía muchas veces que no debía fiarme de nadie. Que las personas eran ingratas y que esa ingratitud era la peor de las miserias. Me decía también que trabajara, que no dependiera de un hombre, que tuviera un oficio de verdad y no me dejara humillar en el trabajo como tantas veces le había pasado a él en el suyo. Nunca lo he olvidado. Nunca.

Hay dos clases de personas. Las que ganan y las que pierden. A veces he creído ganar para tranquilizar mi conciencia, pero lo cierto es que he perdido mucho y lo poco que me quedaba lo he destruido.

Mis hijos estaban en casa de su padre por las vacaciones. Yo estaba sola, pero no estaba triste. Tenía esa fuerza interior nueva. La sentía en el estómago y en la garganta, donde parecía que una mano me apretara sin soltar su presa. Me ahogaba un poco, sin embargo no era desagradable. La sangre circulaba de otra manera y eso me causaba un ligero vértigo.

Tenía la sensación de estar incómoda en mi propio cuerpo, pero todavía dentro de él. Por una vez, me entretuve largo rato bajo la ducha.

El agua corría por mi piel, cálida y jabonosa, y me procuraba un placer que no sentía desde hacía mucho tiempo. Ahí estaba mi cuerpo, en contacto con mi mano, suave, fuerte, dispuesto a recibir el deseo de otro. Pero no existía ese otro. Me acaricié y no ocurrió nada. Estaba muerto bajo mi carne. Acabado. Sentí rabia dentro de mí. No contra mí, sino dentro de mí. Contra mi marido también. Asumí que él se había llevado lo mejor: mi juventud, mis pechos, mis nalgas, mi cintura, mi energía. No tenía ganas de otro hombre. Me bastaba yo misma, pero no llegaba a satisfacerme, a hacerme gozar. Me había convertido en una extraña para mí.

Elegí una blusa blanca, una rebeca clara y cálida, una falda beis, un calzado rojo y mi amplio abrigo negro. Me sentía bien. Como si fuera a irme de viaje. Un viaje sin retorno a un país misterioso. Me quedé más tiempo de lo habitual delante de la ventana de la cocina, todo tranquilo a mi alrededor, los jardines aún dormidos, la bruma espesa caída como una tela sobre los árboles sin hojas. Me serví un café y luego me senté a la mesa con la mirada fija en los cuchillos que había sobre la encimera. Escogí el más afilado, ni demasiado largo ni demasiado corto. Lo metí en mi bolso diciendo esta frase: «Por lo menos tengo esto».

Hoy sé la verdad sin necesidad de esa frase. No se aplicaba solamente al cuchillo. Significaba otra cosa. Una de esas cosas que no aparecen enseguida y que no sabemos captar. De esas que se quedan dentro como sedimentadas y que, de pronto, un día ascienden súbitamente en un chorro que no se puede contener. Cosas acumuladas a lo largo de la vida. Cosas que conforman un ser, la verdadera naturaleza de un ser. Tener «eso» significaba haber decidido «eso», aunque en ese preciso instante todavía yo no había decidido nada.

Me subí al coche y conduje en dirección contraria a Cagex. Seguía sintiéndome incómoda, pero contenta de mí misma, como si hubiera ganado un concurso y fuera a buscar mi premio. Me sentía feliz, verdaderamente satisfecha. Era algo que no me había ocurrido desde hacía varios meses. En la radio sonaba esta canción de Alain Barrière:

Te vas / como un sol que desaparece / como un verano, como un domingo / tengo miedo del invierno y del frío / Tengo miedo del vacío de la ausencia / te vas / los pájaros no cantan / y el mundo es tan solo indiferencia.

Canté hasta desgañitarme, con los cristales bajados a pesar del frío. Era una gozada. La canción hablaba de mí. Era yo la que se iba, lejos, muy lejos de todo. Quería abandonarlo todo, dejarlo todo plantado. Desaparecer, como en las historias de terror. Hacer eso de ir a comprar tabaco y luego largarse y no volver nunca más. Aunque los que se van son los hombres, casi nunca las mujeres, por culpa de los hijos, sin duda, de ese famoso cordón que nunca tenemos el valor de cortar. Los hombres son más libres desde el principio. No tienen ese vínculo de la carne que los ata para siempre a su progenie. Esto es lo que nos hace diferentes.

Mi marido siempre quiso tener hijos. Decía: «Serán la imagen de nosotros dos», menuda frase idiota. Un hijo posee su propia imagen, única, indivisible. Lo demás es puro ego o romanticismo. En ambos casos es una gilipollez. Y luego, además, puede que un hijo salga a uno de los padres solamente. Sucede a menudo. La naturaleza está llena de sorpresas.

Mis hijos son como yo, un poco raros, un poco ausentes. Por eso quiero a mis chicos. Rompieron el molde, son algo aparte, aunque tampoco tanto, eso no sería bueno para ellos. Ya se sabe que nuestra época aborrece la diferencia. Todo debe quedar bien igualado y ordenado, si no, estás muerto, sin oportunidad de triunfar ni de ser aceptado.

Todavía a veces nos besamos, mis hijos y yo, pero cada vez menos. No estoy dotada para la ternura, y ellos tampoco. Soy una buena madre, velo por su bienestar, su seguridad, su placer, pero los besos no son lo mío.

Me casé en el ayuntamiento el último día de junio. Tenía veintiocho años. Mi marido no quería ni oír hablar de iglesias. Bien que lo lamento. Estoy segura de que uno se piensa dos veces eso de largarse cuando se compromete delante de Dios.

Yo unas veces creo, otras veces no. Me gusta la idea de que esté ahí, arriba o a mi lado. Mi marido odiaba que hablara de ello. Decía: «Pregúntale a tu Dios por qué tenemos que currar como condenados. Pregúntale cómo ha repartido el pastel. Por qué solo nos tocan las migajas de los demás».

Así que nada de iglesia, nada de órgano, nada de juramento, ninguna foto en la escalinata, ninguna película, con lo que a mí me gustan las películas, quiero decir las que ponen en la tele, las comedias románticas sobre todo, tan bien hechas que nos hacen creer que el amor existe en cualquier parte, que no hay que desesperar, que un día aparecerá porque siempre hay un zapato a tu medida en alguna parte.

Habíamos decidido hacer el banquete en un jardín. Una mesa grande, en el campo, en la finca de un amigo. Yo llevaba un vestido blanco, de raso, ajustado, acampanado a partir de la cintura. Me parecía sublime aquel vestido, me sentía guapa con él.

He conocido matrimonios que se han arrepentido desde el día de su boda. He conocido otros cuyo amor se ha evaporado como el humo al cabo de unos meses por la carga de la familia, de los amigos. Cuando uno se casa, todo el mundo mete las narices y no te interesa lo más mínimo decepcionar a nadie, porque, si no, luego el gran «tribunal social» se las arreglará para juzgarte sin ninguna piedad. Yo me sentía realizada. Sin dudas, sin miedos. Mi marido me parecía guapísimo, aunque no llegáramos nunca a estar muy próximos del todo, por timidez seguramente, pero él me daba tranquilidad, estaba bien proporcionado, era serio, no tenía la menor duda sobre su fidelidad, porque la infidelidad se siente enseguida en un hombre. Por eso me dio tanta pena que se marchara.

Fue un día precioso. Me sentía protegida por aquel cielo azul tan azul. Éramos muchos. Las risas se mezclaban, el vino corría, me encantaba sentirme ebria, con las mejillas coloradas y flojera en las piernas, bailando en la hierba fresca.

Fue una fiesta bonita, sin ninguna nube en el horizonte, nuestras familias parecían entenderse, nuestros amigos también. Aquello era la felicidad, qué duda cabe. No una felicidad plena, sino felicidad al fin y al cabo, una tregua que no duró mucho tiempo. Me había quitado los zapatos para bailar. Iba de brazo en brazo. Venían a besarme y a felicitarme. Pero ¿por qué exactamente? Sí, ¿por qué? Por haber encontrado a un hombre que no estaba mal, trabajador, menos malo que otros, pero que parecía intercambiable, como yo también lo era.

Ninguno de los dos teníamos nada que nos hiciera únicos y nos contentábamos con lo que éramos. Esa idea de repente me entristeció. No éramos marginales ni excepcionales, tan solo dos puntitos entre los millones de puntitos que se arremolinaban en Francia bajo el sol de junio.

Me senté en la hierba. Ahí fue donde lo supe. Donde lo sentí. El mal presagio. No era el vino, no era que aquella modesta felicidad fuese, pese a todo, demasiado grande para levantar la cabeza, no era el calor del verano que empezaba, no era la música ni los gritos de alegría de los niños, no, era algo ínfimo que se imponía a todo: una mancha de cereza en mi vestido. Una mancha roja que absorbía la totalidad del día de mi boda. Cuanto más la miraba, más parecía crecer. La froté con un trapo mojado con jabón. No se iba. Y supe entonces que no se iría nunca. Que aunque hubiera conseguido quitarla, ella volvería de nuevo. Fue la única pega. La mancha que lo arruina todo. La señal de la catástrofe. Así se resumía mi boda: un vestido de raso en el que fue a caer una pequeña cereza para prevenirme.

Mi marido quiso abrazarme, apretaba sus labios sobre mi cuello; también él había bebido, como todos nosotros; lo notaba excitado, urgido, un poco loco, y yo lo rechacé, solamente me importaba aquella mancha de cereza.

Ese día de noviembre conduje a toda velocidad. Luego me detuve, salí del coche y fumé un cigarrillo en el arcén. No pasó ningún vehículo, por desgracia. Yo necesitaba hablar con alguien, con quien fuera, un hombre, una mujer, un joven, un viejo, hablar, no por teléfono, no con medias palabras como me había acostumbrado a hacer con mi marido desde que se marchó; una larga conversación sobre cualquier cosa, con cualquiera, me daba igual, pero que me hiciera sentirme mirada, escuchada, entendida por fin. Estaba realmente triste y comprendí, admití, que no me encontraba nada bien.

Volví a la carretera, conduje menos rápido, me daba miedo tener un accidente, miedo por mis hijos, no por mí. Parecía que el día aún no había amanecido, que seguía todavía enterrado bajo el suelo de noviembre. Los campos escoltaban mi desenfrenada carrera, para la que no tenía ninguna meta.

Pensé en las clasificaciones de Victor Andrieu y me dije que yo formaba parte de la peor de ellas: la de los que ocultan su juego. Di media vuelta y volví a Cagex. Sabía que Victor Andrieu se quedaba hasta tarde haciendo y rehaciendo sus cuentas, escrutando mis listas, buscando las manzanas podridas, «los dañinos», como solía llamarlos.

Aparqué cerca de los hangares, anduve por el camino que llevaba a una puerta de la que tan solo yo tenía llave. Subí hasta el segundo piso por la escalera de incendios. Abrí una segunda puerta, bordeé el pasillo del área de administración y contabilidad. Su despacho estaba iluminado, sabía que se encontraba allí, solo, porque la empresa cerraba a las seis de la tarde. Cuando entré, levantó la cabeza y exclamó:

¡Por Dios, Sylvie! ¿Dónde se había metido? ¿Quién se cree usted que es?

La estamos buscando desde esta mañana.

No tiene ninguna gracia. ¿O es que ha perdido la cabeza?

Podría haber avisado.

Yo flipo, de verdad que flipo.

Le he dejado decenas de mensajes.

¿Y sabe qué?

No estaba preocupado, Sylvie, no. ¡Estoy furioso!

He tenido que ocuparme de todas las entregas. ¿Cree que no tengo otra cosa que hacer?

No, claro, ¡y en menudo momento!

Espero que tenga usted una buena explicación, porque le advierto que esto no va a quedar así.

Si usted desconecta, todo el mundo va a desconectar.

Es una cuestión de responsabilidad.

¿Comprende esta palabra: RESPONSABILIDAD?

Y no me mire con esos ojos.

¡Qué locura, joder!

Se supone que usted es la que tiene que dar ejemplo.

Y, a propósito, menuda mierda de listas las suyas.

Al principio estaba todo muy claro, luego ya no he entendido nada.

¿Qué escritura es esa?

¿Esas tachaduras? ¿Esas flechas y esos interrogantes?

Como si tuviéramos tiempo para titubear.

Una niña de diez años sería más concreta.

Comprendo perfectamente que tenga usted problemas personales, sobre los cuales, por cierto, siempre le he dicho que puede hablar conmigo, que estoy dispuesto a darle una baja, unos días de descanso, pero no, la señora se cree invencible y más fuerte que nadie.

Pues la señora se equivoca.

¿No he estado siempre pendiente de usted?

¿No?

No soporto a la gente que no dice nada. No lo soporto.

Es importante hablar.

Yo se lo he contado todo, con usted siempre he puesto las cartas sobre la mesa.

Pensaba que éramos solidarios.

De verdad.

Y me he dado cuenta de que no puedo fiarme de usted.

¿Sabe qué?

No diga nada. Es mejor.

Porque creo que hoy no puedo soportar oírla decir ni una palabra.

Me ha decepcionado, Sylvie. Decepcionado.

Decepcionado y también sorprendido.

Salga de mi despacho.

Ya hablaremos mañana.

Esta noche necesito un poco de calma.

Váyase a su casa y busque en su cabecita de chorlito una buena explicación que darme.

Y luego deje de ir de señorona.

Aquí usted no es más que los demás.

Está en la misma cesta.

Yo protejo a la gente que cumple.

No a las chifladas. Porque, perdone que le diga, pero esa es la palabra que me viene a la cabeza cuando la miro a usted, una chiflada.

¿Ha visto qué aspecto tiene?

¿Ha estado llorando o qué?

Chiflada y llorona a la vez.

Justo lo que más detesto.

No me fui, por supuesto, debía de estar chiflada, Victor Andrieu tenía razón. Ese era mi problema, chiflada. Tuve que sentarme, presa otra vez del vértigo. Él hizo como si yo ya no estuviera allí. Puse mi bolso sobre las rodillas. Lo abrí. No me había quitado el abrigo. No di ninguna explicación. No se me ocurría ninguna. Y sin embargo tenía tantas ganas de hablar, sabía exactamente qué tenía que decirle. Exactamente. Como una madeja de lana que se desenrolla: «Amigo mío, te voy a explicar lo que me pasa. ¿Me permites que te llame amigo? Nos conocemos desde hace tanto tiempo que... Hemos pasado un montón de horas juntos; en cuestión de presencia, si sumo todos los instantes contigo, superas a mi marido. Bueno, exagero un poco, pero no debo de andar muy lejos de la verdad y tú sabes lo importante que es la verdad para mí. Y lo sabes tan bien porque es a mí a quien has pedido que haga el trabajo sucio. La pequeña Sylvie siempre está disponible. Pero que sepas que de pequeña nada. Al contrario que tú, mequetrefe. Qué locura, ahora que lo pienso: pasar más tiempo con tu jefe que con tu hombre. Es ilógico y desde luego inhumano. Necesitamos más a las personas que amamos, no a aquellas que nos hacen trabajar. ¿Y sabes por qué, amigo mío? El trabajo es importante, siempre lo he considerado y lo he respetado así, y soy consciente de la suerte que he tenido, pero siempre está ese no sé qué que me inquieta, o lo que es peor, que me hiere. *Herir* es un término muy fuerte, poderoso, y ya me conoces, no tengo mucha educación, pero tengo siempre el término justo, creo que a esto se llama "tener el don de la palabra", ese es el don que tengo, sí, el único además, pero estoy bastante orgullosa de él. Por tanto, la palabra es *herida*. ¿Por qué? Porque el trabajo es, en realidad, sumisión. Digan lo que digan, hay una cosa que no cuadra. Desde luego, todo trabajo supone un salario, y el salario supone libertad; pero una libertad muy limitada, a fin de cuentas. ¿Entiendes de lo que hablo? Cuando yo era una cría, me gustaba jugar con la balanza de mi madre. Ella tenía una de cobre con dos platillos y yo pesaba las alubias, un puñado por aquí, otro puñado por allá. Jugaba a ser la comerciante, un poco como tú hoy. ¿Quieres de verdad una explicación? Pues no tengo, o mejor dicho sí tengo, tengo toneladas de explicaciones, pero no creo que las puedas entender. ¿Quieres saber "quién me creo que soy"? Pero ¿qué coño significa esa frase, Victor? No la comprendo. ¿No dices que estoy chiflada? Quizá tengas razón. Todos tenemos una parte de locura. Estoy segura de que tú también. ¿Cuál es la tuya? ¿Las chicas? ¿Esas cosas sórdidas que ves en internet? ¿Las putas? No te juzgo, que lo sepas. Yo no soy así, aunque no tienes ni idea. No me conoces para nada, Victor. No sabes nada de mí. Ni siquiera sabes de lo que soy capaz. Mira, tengo un cuchillo en mi bolso. Ahora esto se ha convertido en una peli de las malas, ¿no? Aunque, tranquilo, eso solamente les ocurre a los demás. Por el momento, no he decidido nada, pero no voy a dejarte. Hay una cosa que arreglar contigo. Una cosa que me bloquea. Que no se va. Y es que quiero que tengas miedo. Que sepas lo que es eso. No un susto de nada, no, sino miedo de verdad. Ese miedo que te impide respirar. Que te despierta a medianoche. Que te impide moverte, correr. El miedo que destruye la confianza y el amor. El que tú nunca has sentido. ¿Sabes lo que es el miedo a que te falte alguien? ¿A perderlo todo? ¿A no poder mirar a los otros a los ojos? ¿A encontrarte sin nada? ¿El miedo a estar muerto sin haberte muerto? Yo te deseo ese miedo, Victor. No te imaginas hasta qué punto te lo deseo. Te lo deseo porque has destruido mi muro. No el que me separaba de mi marido, no, eso es asunto mío, sino el otro, el muro que nadie tiene derecho a derrumbar. El muro que separa el bien del mal. Antes, yo estaba en el lado bueno. No era perfecta, tenía mis defectos, pero tenía mi conciencia. Trazaba o más bien caminaba por una línea que me parecía recta, no una miserable senda retorcida que lleva a lugares retorcidos, no, me refiero a una clara línea recta, nacimiento-escuela-trabajo-matrimonio-familia, y así hasta que te mueres, sin hacer daño a nadie o tratando de hacer el menos posible. Y tú me has chantajeado, aunque esto no es lo más grave, en realidad. Lo más grave es que me has dejado probar el sabor del poder, del verdadero poder. El que permite destruir o salvar a alguien. El que da alas por la mañana. El que te engrandece. El que te refuerza. El que te hace sentirte superior. No dura demasiado tiempo, solo lo justo para que te lo creas. Y me ha parecido embriagador. Peor aún, me ha excitado. Lo adoraba. Pensaba en ello todo el tiempo. ¿Y sabes por qué? Porque creí que había ganado en dignidad. Me había convertido en alguien, existía, cuando en realidad era todo lo contrario. Me había convertido en una don nadie. Me había convertido en lo que tanto detesto en los otros, en los que se aprovechan de la desgracia y se regodean en ella. Tú creías que me hacías feliz, fuerte. Pues te equivocaste tú y me equivocaste a mí. A mí me gusta el viento en los árboles e ir con zapatos sin calcetines. Me gustan las canciones melódicas y mirar a mis hijos y sentirme orgullosa de haberles enseñado a respetar. Me gusta cuando el tiempo se detiene y me digo a mí misma que sí, que aquí todo va bien, todo está bien, correcto, no es que sea maravilloso, pero me las apaño, porque no he hecho nada malo, no soy culpable. Tú has destruido ese hilo. Era tan fino que no podías verlo. Era el hilo de mi tela, que tejí durante tanto tiempo. Te deseo ese miedo porque no has entendido nada de mi felicidad. Era mediocre, pero existía».

En cambio, no se me ocurrió ni una palabra. Miré a Victor Andrieu y luego bajé la vista. Los dos sabíamos que algo iba a pasar. Era de noche en mi cabeza, como si yo hubiera mezclado el exterior con el interior de mí misma.

Tengo pocos recuerdos de aquella noche con Victor Andrieu, pocas imágenes, pocos sentimientos, aparte del de haber sido invadida por la oscuridad, una oscuridad como nunca había sentido antes, aunque sí, sé que sí, sé cuándo, pero no lo puedo contar ahora, es demasiado pronto para mí, demasiado violento también, y creo que ya estoy harta de esa violencia, es como un chorro de arena en plena cara y esa arena hace daño en la piel, en los ojos, es insoportable y yo ya tengo bastante dolor, no merezco más, de verdad que no.

No quiero pasar por una víctima, no es mi estilo, además detesto el papel de víctima, demasiado pasivo, y yo soy una mujer fuerte, ya lo he dicho antes, y eso que me pasó con Andrieu no es del todo una confesión de debilidad, más bien al contrario, quise mostrarle que no se puede estar machacando siempre a los más desvalidos, y cuando digo esto me vienen a la cabeza mis abejitas, que un jefe no puede hacer lo que le dé la gana, no, eso no es verdad, el poder no está por encima de las leyes, y sobre todo no está por encima de la moral, porque lo que más me afectó de esa historia de las clasificaciones es la moral: la historia de un individuo metido en su despacho que está por encima de los hombres y de las mujeres, que se permite pisotearlos, jugar con sus nervios, incluso humillarlos, sí, porque siempre es humillante poner en duda el trabajo de los demás, peor aún, llevarlos al límite, porque la duda es un pequeño pinchazo cada vez, y al cabo de cien pinchazos, sencillamente, revientan.

No revientan del todo, continúan de pie, madrugan, se levantan, desayunan, llevan a sus hijos al colegio, fichan, se ponen a trabajar, pero en su interior están muertos, y todo lo que hacen también está muerto, y a la hora de rendir en su trabajo, sabotean: se los ha llevado al límite.

Esto era lo que yo quería decirle a Victor Andrieu, justamente esto, señalar esa injusticia, porque había usado su poder para matar a personas decentes. No quería hacerle daño, solo meterle miedo y sobre todo que comprendiese. Él estaba en el lado bonito de la barrera, y no lo digo por el poder o por el dinero, no, estaba en el lado de la educación, y cuando se ha recibido una educación, me parece evidente que se ha recibido una moral, forman un solo paquete, educación y moral, van juntas, creo yo, y me parece lógico, tal vez me equivoque, pero yo siempre sería más indulgente con un inculto ignorante que se vuelve un hijo de puta que con un tipo instruido que se convierte en una basura, por mucho que en ambos casos la cabronada sea inadmisible; pero lo del primero puede ser hasta comprensible, sin llegar a aceptarlo ni a excusarlo, por supuesto, pues hay una razón en el primer caso, mientras que en el segundo, la educación es una especie de circunstancia agravante, no hay perdón para los que saben, para los que han sido favorecidos, a quienes se les ha balizado el camino desde la infancia y no les ha faltado de nada, pero, ojo, tampoco quiero decir que todos los jefes sean unos cabrones, no, solo digo que deben dar ejemplo y ser justos y Andrieu no lo era en absoluto, él se perdió bajo su capa de superjefe, mintió, bien lo sé porque conozco las cuentas, quiso ganar todavía un poco más a costa de la cabeza de unos y de otros con la excusa de que esta crisis es la peor de los últimos tiempos: en efecto, la crisis se ha convertido en la gran atracción del momento, la crisis mundial, la crisis general, la crisis económica y financiera, pero para nosotros es la estaca clavada en el fondo del alma desde siempre, una crisis que conocemos muy bien desde hace mucho tiempo y que es la peor de todas: la crisis de la angustia, la que te paraliza desde que amanece porque no sabes qué pasará mañana, la del miedo a ir a currar, porque las condiciones de trabajo ya no son buenas y temes oír las frases fatales: reducción de personal, lo sentimos, *bye bye*, finiquito, no podemos hacer nada por usted, imposible un arreglo, pase por caja, no se enfade, no se puede hacer otra cosa. Sobre todo esta frase me sacaba de quicio: no se puede hacer otra cosa.

Yo creo que siempre se puede hacer otra cosa, que siempre hay un medio, basta con buscarlo, pero para buscarlo hace falta moral, una vez más, y corazón, y Andrieu no es que tuviera una piedra en lugar de corazón, lo que tenía era un agujero, un agujero enorme, como un defecto de fábrica. Y no solo me estoy refiriendo a él como empresa. Vivimos en un sitio pequeño, aquí en Périgueux todo el mundo se conoce y los rumores corren enseguida, y puedo decir que Victor Andrieu carecía de moral también con la gente de su entorno, divorciado varias veces, amantes a porrillo, aunque, en fin, es muy libre de hacer lo que quiera con su vida, pero sé que le gustaban las chicas jóvenes y que su pobre mujer, la última, no iba por casa desde hacía mucho tiempo, y que él encima no cumplía en el asunto de las pensiones y demás, lo sé porque yo siempre he tenido olfato con la contabilidad y he visto las cartas de los abogados, los atrasos, las denuncias, las deudas, deudas de juego, creo yo, pero no estoy segura, en todo caso sus «chicas», como él las llamaba, debían de costarle muy caro, porque un día me preguntó si conocía la marca Balenciaga y qué me parecía, si no sería demasiado para una muchacha de diecisiete años; yo no juzgo, pero lo que él hacía fuera lo hacía igual en su casa y aquí dentro, en Cagex, que era un poco también nuestra casa, porque él no sería nada sin nosotros, estaría acabado, las gomas, los neumáticos, no tendría ni idea de todo eso, no habría sabido ni cómo poner en marcha las máquinas; no solo no habría sabido, también le habría repugnado ensuciarse sus delicadas manos y sus preciosas camisas azul celeste. La mugre es para los demás, no para él.

Yo, en cambio, de la mugre he hecho mi oficio, ya lo dije antes, me gusta el trabajo, no me asusta, y si hubiera podido, habría hecho horas extras, sin problema, me ocupan la mente y, a decir verdad, no tenía otra cosa que hacer desde que se fue mi marido, el curro se había convertido en mi amante, pero lo que no encajaba era currar sin el respeto del jefe, eso no funcionaba. Sé que es raro decir que el trabajo se había convertido en mi amante. Es una frase extraña, pero sé muy bien lo que quiere decir. Vuelvo a repetir que nunca he tenido amantes, siempre he sido fiel a mi marido, a mi hombre.

Me gusta decir mi hombre, es de un rango superior a mi marido, pues el HOMBRE ha sido quien ha ocupado toda mi vida, nuestra juventud, nuestros hijos, nuestra casa, nuestro futuro, antes de que todo se terminase. Obviamente me esperaba algo así, porque no nos mirábamos ni nos tocábamos, aunque no había ningún odio entre nosotros, ninguna agresividad. Estoy enojada ahora porque tal vez lo podríamos haber evitado. Quiero decir con esto que el amor no estaba tan lejos, que quizá habría bastado con alargar la mano, pero ni él ni yo lo hicimos. Cuando pienso en ello, veo que yo todavía sentía deseo por él, un deseo inconsciente, porque yo ya no estaba en esa dinámica, lo había apartado de mi cabeza, pero sé que mis ganas de él estaban ahí, no muy lejos, ganas de su piel, de su sexo, aunque solo fuera por una vez más y olvidarse de las penas. Pero no hice nada. Me quedé al otro lado del muro que crecía día tras día. Era una especie de fatalidad, y ante la fatalidad todos nos volvemos pequeños, la dejamos decidir por nosotros, la aceptamos aunque nos escueza. Pero, vamos, la verdad es que nunca lo engañé y, además, nunca se me ocurrió; era como si me hubiera olvidado del placer. No me fijaba en otros hombres, solo me centraba en el trabajo, los hijos, las tareas de la casa, los impuestos que pagar. Había dejado de ser mujer. No estoy diciendo que las mujeres existan en relación con los hombres, no, claro que no, lo mismo pasa con los hombres, ellos no necesitan a las mujeres para ser hombres, pero yo creo que una mujer es verdaderamente mujer cuando tiene deseo. Poco importa cuál sea el objeto de ese deseo. El deseo es sentir que existes. El deseo es la vida. Es el impulso, la fuerza. Y yo lo había perdido. Es cierto que mi marido no sabía ser tierno, pero tenía otras cualidades, me daba tranquilidad, confiaba en él, y estoy segura de que él también me fue fiel hasta el final; el gesto de la ternura es importante y nosotros no llegábamos a tocarnos, a abrazarnos, aunque, al menos durante los primeros años, nos deseábamos, teníamos relaciones sexuales, pero era algo extraño, porque nunca he pensado que hiciéramos el amor de verdad, era más bien como satisfacer una necesidad, no había ninguna historia alrededor, porque la ternura es una historia de todos los días: abrazarse, estrecharse, besarse, pasar una mano por la espalda, todos esos pequeños gestos que luego se funden en un gesto mayor, por la noche, en secreto para los demás. Nos aliviábamos. Como hacía Victor Andrieu descargando sobre mí.

Cuando mi marido y yo teníamos relaciones sexuales creo que liberábamos un exceso de energía, sin más, y lo que es peor, un exceso de energía negativa. Follar equivalía a olvidar nuestros problemas durante unos minutos. Sí, solo unos minutos, seamos sinceros, la cosa no dura horas, eso solamente sucede en las películas, no en la vida real, al menos no en la mía.

Lo que me sorprende es que yo, desde mi lado, podría haber fantaseado a solas, pero nada, y luego, como ya he dicho, estando sola tampoco. No sentía deseo hacia mí misma, eso es lo más grave; porque, por más que se diga, el deseo nos acerca al amor, o a la autoestima o a la estima de los demás. Es muy grave perder eso, más grave que dejar de amar al cónyuge. Ese era el problema, que había dejado de quererme a mí misma, pero ¿acaso me he querido alguna vez? Lo dudo mucho, la verdad, aunque hoy ya no me importa.

Y todo por culpa de la violencia reprimida. Pero es que la tenía olvidada; claro que la he conocido, claro que me han educado con ella, aplicadamente además, pero todavía no puedo contarlo. No por ahora.

Guardo pocos recuerdos de esa noche, en cambio tengo en mi mano, como una baza de una partida de cartas, los de la mañana siguiente. Es muy nítido lo que concierne a ese momento. Mi jefe detrás de su escritorio, yo sentada enfrente. Estábamos de foto. Andrieu me parecía incluso más joven que de costumbre. Lo veía como un pobre muchacho tembloroso al que no le llegaba la camisa al cuello, porque, en efecto, por primera vez en su vida tenía ese miedo que enlaza directamente con la muerte, y confieso, sé que es verdad, sé que es cruel, pero confieso que experimenté un extraño placer al verlo así: por una vez era yo la que tenía el poder y, además, lo podía usar. Estábamos muy cansados, creo yo, y digo «creo yo» porque el cansancio nunca ha sido un problema para mí, he aprendido a soportarlo, a negarlo, a transformarlo, la gente siempre está quejándose de su cansancio y yo no quiero ser como la gente. En cualquier caso, no quiero ser una persona cansada. El cansancio es debilidad, y está en tu cabeza tenerlo o no, decidir estar cansado o no; el cansancio en sí no existe realmente, no somos capaces de imaginar lo fuerte que es un cuerpo, cuánto puede resistir y recuperarse; todo está en la cabeza y la gente se viene abajo porque escucha demasiado a su cabeza; yo, como he dicho, nunca me he venido abajo, nunca. Así que, como digo, estábamos cansados, aunque yo negaba ese cansancio, o más bien lo controlaba, en cambio vi que Victor Andrieu se dejaba invadir por él, no podía más, y cuanto más cansado se sentía, más miedo tenía, era evidente, tenía un hilillo de sudor encima del labio, por más que se lo secara con el dorso de la manga, el hilillo volvía a aparecer; ya estaba hervido en su salsa, había ganado yo, aunque no por mucho tiempo, porque no soy idiota, sé que vivimos en un país que tiene leyes y en el que nadie tiene derecho a tomar como rehén a otra persona, aunque esa persona sea el mayor hijo de puta y represente él solo a todos los hijos de puta que se creen con poder sobre los demás, porque este es claramente el problema: el poder, y me revienta solo pensar que hay gente que se cree por encima de todo, para ellos también existe la ley, pero en su caso nadie dice nada, están del lado bueno de la barrera, son los intocables que siempre se libran, pero esta vez no, de alguna manera esta vez yo no quería que se librasen, y aunque sabía que iba a perderme, lo que quería era mantenerlo acojonado unas horas, para que no lo olvidase nunca y supiera lo complicado que es no ser el intocable, sino ser el explotado. Vengué a los míos, sí, eso es, los vengué, y lo curioso es que yo sabía que no me lo reconocerían, porque había traspasado el límite que ellos jamás se habrían atrevido a cruzar, cual corderos. Pero yo no. Yo prefiero salirme del rebaño y ser castigada, pero, por una vez, decir lo que pienso: la sociedad está enferma. Nos hacen creer que somos todos libres e iguales y que nuestro modelo es el mejor modelo posible, pero eso no es más que una cortina de humo, pues finalmente, nosotros, los pequeños, no tenemos ningún derecho, salvo el de callarnos. Por supuesto, nos dan un trabajo, depositan su confianza en los que ven un poco más avispados que los otros, pero al final siempre es igual, somos aplastados por los más fuertes y nos callamos porque hay que comer; así que bajamos la cabeza, continuamos, seguimos la línea ya trazada desde la cuna hasta la tumba, siempre humillados, con la mano extendida, porque no hay manera de largarse, solo a veces soñamos con partir, con cerrarles el pico para que no haya más humillaciones, con poder elegir y con que esa elección es la libertad. La libertad existe, no es solamente una idea o una palabra bonita, es como la historia del pájaro en la jaula: un día se abre la puerta y puede escoger, pero no se larga, antes ha de decidir qué es lo mejor para él, si la pequeña jaula con su alpiste y su cuenco de agua o la inmensidad del cielo, donde los cuervos lo aguardan para comérselo, así que el pajarito lo piensa dos veces antes de deslizarse entre las nubes y surcar el cielo. Normal. El pajarito no es tonto. Si la puerta de la jaula está abierta y él se queda, no se sentirá prisionero, habrá escogido y eso lo cambia todo, pero yo, al igual que mis pequeñas abejas, nunca he podido escoger, nunca. Como mi marido. No estoy realmente segura de que él pudiera escoger cuando me anunció que se iba, que me dejaba, tampoco estoy segura de que seamos nosotros quienes escogemos las cosas, es la vida la que decide por ti, un día, con demasiado peso a cuestas y con bastante hueco todavía para cargar con más peso, te largas, huyes a pesar del apego y de las costumbres, porque es demasiado peso, y si no te largas, tarde o temprano ese peso te aplastará, por eso no se lo reprocho, se fue porque ya no tenía hombros para soportar lo que lo agobiaba, y yo debería darle las gracias, él me protegió.

Hay hombres que no se van y con frecuencia la cosa se tuerce, incluso se tuerce mucho, en el mejor de los casos es una guerra en casa, en el peor es una carnicería en la que todos mueren. Mi marido nos lo ahorró, se fue con su vacío, no nos hizo pagar nada, ni a mí ni a sus hijos, esta es otra razón por la que tampoco se lo reprocho. Nos dejó con vida. Una vida un poco patas arriba, pero bueno. Y eso fue exactamente lo que yo hice con Andrieu, lo dejé respirar, pasar miedo, y luego, ya vencido, cuando amanecía, lo dejé hablar:

Sylvie, mi querida Sylvie, hay que ser razonable.

No la culparé de nada.

No diré nada.

No pondré ninguna denuncia.

Ha sido una pequeña rabieta, lo comprendo.

Estamos todos al límite.

Son tiempos duros.

Creo que la he minusvalorado.

Permita que me explique, ya sabe usted que me gusta explicarle las cosas porque sé que usted las puede entender, usted es inteligente, incluso superior a lo normal, ¿no es así?

Sí, la he minusvalorado.

Le asigné una tarea que no era nada agradable de cumplir, lo sé, y ahora lo lamento, pero, Sylvie, de ninguna manera vea una mala intención por mi parte, nunca he querido perjudicarla o hacerle daño, usted era mi brazo derecho, confiaba plenamente en usted.

Y usted se ha derrumbado, ¿no es así?

¿Era demasiado trabajo para usted? Lo comprendo perfectamente.

Lo siento muchísimo.

Perdón.

Pero ¿acaso eso es una razón para que siga ahí plantada, delante de mí?

Sylvie, es grave lo que está pasando desde ayer por la noche.

¿Es consciente de ello?

Por supuesto que es consciente.

Esto se llama secuestro.

Pero sé que usted no va a hacerme ningún daño, porque usted es una buena persona.

Más aún, sé que usted tiene buen corazón.

Hay que tomar una decisión ya. No podemos seguir así.

Yo tampoco voy a hacerle ningún daño.

Se lo prometo.

Vuelva a su casa, duerma un poco, tómese unos días, recapacite, y yo también me iré a mi casa, tranquilamente, nos separaremos aquí y haremos como que no ha pasado nada.

Conservará su empleo.

Achacaremos esto al cansancio, al agotamiento.

Es sabido que estas cosas suceden a menudo. Dentro de poco tiempo, todo volverá a ser normal, Sylvie, ¿de acuerdo?

Sé que usted está de acuerdo.

Tranquilícese, querida, y olvidemos todo esto.

Piense que mañana será otro día y que los días sucesivos borrarán este breve momento de debilidad.

Será nuestro secreto.

Además, ya sabe que a usted siempre la he apreciado mucho.

En nombre de todos estos años, vayámonos en paz, Sylvie.

La dejo salir la primera, así no tendrá usted dudas de mi buena fe.

No llamaré a la policía, ni a su marido ni a nadie más.

Ningún empleado sabrá lo de esta noche. Jamás.

Tiene usted mi palabra, Sylvie, y sabe usted que yo soy un hombre de palabra, con profundas convicciones.

Usted me ha tomado por el hombre que no soy.

Llegado ese momento, me fui a mi casa.

El frío de las sábanas se me hacía extraño, me había metido en la cama, me había quitado los zapatos y la falda, pero me había dejado las medias y la blusa puestas, aun así tenía frío y no entendía por qué, había encendido la calefacción al máximo, me había echado una manta, pero las sábanas seguían heladas sobre mí, me penetraba ese frío, me sentía contaminada, empezaba a ser consciente de lo que había hecho, pero no tenía miedo, solo ese frío.

Traté de dormir sin conseguirlo, tenía la sensación de que había alguien a mi lado, incluso dentro de mí, como si con el paso de las horas alguien en mí misma empezara a reemplazarme; a mediodía, estaba convencida de que todo eso no era más que un mal sueño, que no había visto a Victor Andrieu la víspera, ni siquiera esa mañana, y que me iba a despertar de un momento a otro, eso era, estaba dormida y todo volvería a ser como antes, como si un cuadro se hubiera sobrepuesto a la realidad y empezara a perder sus formas y sus colores hasta diluirse y desaparecer. Todo eso debía de provenir de mi imaginación.

Me levanté de la cama, fui a la cocina, me hice un café, busqué azúcar sin encontrarlo, lo cual me irritó, y me puse a abrir todos los cajones y a volcarlos, estaba hasta la coronilla de todo, de la casa, del silencio, de mí misma. Miré por la ventana, llovía, el cielo estaba bajo, ningún adosado aparecía en mi campo visual, era la única mujer en el mundo junto con esa nueva persona que parecía haberse apoderado de mí, estaba sola con ella en la niebla. Fue en aquel momento cuando, por primera vez, empecé a sentir miedo, miedo de perderme, de no volver a encontrarme nunca más, de ser sustituida por esa otra, y entonces se me ocurrió una estrategia; me concentré en imágenes que pudieran devolverme a la realidad lo más rápido posible, imágenes tranquilizadoras, no pensé en mis hijos ni en mi infancia ni en nada parecido, en lo que pensé inmediatamente fue en las telenovelas, sabía que eso me relajaría.

Son fáciles, sencillas, siempre cuentan la misma historia, un chico guapo, una chica guapa, el encuentro, el amor, la boda, los secretos de familia, la amante que aparece, me encantaba todo eso, estaba tan lejos de mí y a la vez tan cerca de mis sueños de adolescente, cuando pensaba que un día mi vida sería parecida a esa, en una casa con piscina, unas palmeras, casada con un cirujano estético que habría acabado por romperme el corazón, lo cual habría sido triste, pero mucho menos que Cagex, sin marido, sin aliciente, sin deseo. Lo que más me gustaba de las telenovelas era la noción del tiempo. El tiempo que tienen las mujeres para todo, para maquillarse, para peinarse, para vestirse, para ir de compras, para tomarse una copa. Es un tiempo elástico, irreal. Nunca van apuradas, mientras que a mí el tiempo me domina y termina por vencerme. No tengo tiempo para mí, si acaso un poco para los demás, pero apenas para la verdadera vida, esa en que todo se detiene y te permite sentir el viento en la piel, oír el canto de los pájaros cuando llega la primavera, soñar con otro porvenir, no mejor, pero sí diferente.

Estaba segura de que nada cambiaría en mi vida, por eso hice esa idiotez con Andrieu. Me di cuenta de que era una tontería cuando me encontraba en la cocina. Miraba los cajones por el suelo, volcados, los cubiertos, la sal, la pimienta, las especias, estaba todo desparramado y no me parecía nada grave, ya nada sería grave en adelante, había cruzado una frontera. Creí oír un ruido en el salón, pero allí no había nadie, solo yo con mi conciencia, un poco sucia. El pobre Andrieu debía de estar realmente acojonado. No me sentía culpable por él, en absoluto, sino por mis hijos. Fui a acostarme de nuevo, pero era demasiado deprimente pensar en ellos, no tenía ningún parapeto, ninguna defensa, eso era lo más terrible, mis hijos, mi vida anterior, mi infancia, mis padres ya desaparecidos, mi hermano, mis hermanas que viven lejos, mi consolidación en el trabajo, mis abejas, nada de eso servía ya para volver a reencauzar mi vida, para defenderme; empezaba a tener algunos recuerdos de la noche con Andrieu, pero no sabía cómo justificarlos. Estaba sola en mi cama, sentía aún a la otra, a la segunda persona, pero esta empezaba a desvanecerse y absurdamente yo empezaba a lamentarlo. También absurdamente pensé que no estaba mal creer que esa otra era la que había hecho lo que yo había hecho, sería una buena coartada para lo que me esperaba en adelante. Me arropé con las sábanas y rogué con todas mis fuerzas que aquello no fuera más que un mal sueño. Oía cómo caía la lluvia sobre el tejado y pensé en los años trabajados, pagando el crédito para la casa, y en una palabra que me volvía sin cesar, *esfuerzo*, el esfuerzo compartido con mi marido, porque los dos habíamos hecho tantos esfuerzos para conseguir una apariencia de libertad, y de repente, así porque sí, lo había perdido todo. Me quedé dormida, fue como caer en un hoyo, de lo agotada que estaba, incluso pensé que la muerte debía de ser algo parecido a un lento descenso por un pozo del que no se puede volver a subir. Era agradable, y me persuadí de que no sería tan grave no despertar. No tengo miedo a la muerte, antes lo tenía, de niña o cuando mis hijos eran pequeños, miedo a que estuvieran tristes, abandonados a sí mismos, lo que me lleva a pensar que tal vez yo no confiara plenamente en mi hombre, aunque me pareciera una persona seria y robusta, que había algo en él que se me escapaba y que el futuro me ha confirmado, ya que se largó sin mirar atrás, tan simple como decir «Me voy»; debía de haberse repetido esa frase un millar de veces antes de armarse de valor para pronunciarla en voz alta delante de mí, lo comprendo, o puedo comprenderlo, porque era un buen comediante, perfecto, mirándote a los ojos, sin dudarlo, «Me voy», tan guapo que me volvió guapa y valiente a mí, no lloré, no grité, porque detesto a las mujeres que gritan, hice como si no pasara nada, sin crisis, representamos nuestra escena como si para mí fuese un gran estreno y él, en cambio, ya la hubiera ensayado seguramente muchas veces a solas en su cabeza o delante del espejo del cuarto de baño. Así que no, hoy no tengo miedo a la muerte, mis hijos ya son mayores y sabrán apañárselas perfectamente, ya se han acostumbrado al derrumbe, sé que se han amoldado a su padre, como quien dice, y no se sentirán perdidos sin mí, me echarán un poco de menos al principio y luego el tiempo lo curará todo. No estoy diciendo que desease morir, en absoluto, pero si eso hubiera sucedido mientras estaba dormida aquel día de noviembre, lo habría aceptado, me habría dejado arrastrar al fondo del pozo sin resistirme.

Me despertó el timbre ya de noche, pero no me moví, creía que lo estaba soñando, que había un timbre en mi cabeza que decía: no, Sylvie, todavía no es el momento, no desciendas más por el pozo, vuelve, está nevando y a ti te gusta tanto la nieve sobre los tejados. Luego hubo unos golpes en la puerta, al principio ligeros, creo yo, aunque no estoy segura de nada porque dormía profundamente, y cuando se volvieron más insistentes comprendí que algo ocurría. Nadie escapa de la lluvia, nadie es inocente. La inocencia es otra cosa. Opino que el solo hecho de estar vivos nos hace culpables. En eso pensé cuando redoblaron los golpes. Podían ponerme las esposas, estaba harta de aplazarlo desde hacía mucho tiempo, desde la violencia de la que hablaré más adelante, aún es demasiado pronto y todavía no puedo.

No soportaba ya el ruido de la puerta, me daban ganas de aullar, ¿quién podía ser tan molesto? Tenía una leve sospecha, pero eso no mitigaba mi rabia por haberme obligado a salir de mi pozo, de ahí donde nada podía ocurrir, donde me hallaba en paz.

Me puse de nuevo la falda y abrí. Dos hombres me preguntaron si me llamaba Sylvie Meyer. No respondí de inmediato, sino que pensé en Andrieu y en que finalmente había resultado ser un pedazo de cabrón; aunque yo había cometido algo turbio, él me había prometido que no diría nada, sobre todo que no presentaría una denuncia, en honor a nuestro pasado, ¡y ya ves! Me dije que todos los hombres eran unos cobardes y no tenían palabra. En cuanto llegó a su casa, debió de volver a montarse la película, a ponerse en lo peor, que no había pasado, pero la imaginación va muy rápido en esos casos. Creo que se sintió humillado: ser apuntado con un arma por una mujer, en su empresa, en su despacho, el lugar que hasta entonces era su reino, donde yo había entrado a saco y lo había secuestrado una noche entera con un miserable bolso de mano que contenía un no menos miserable cuchillo, pero sobre todo, sobre todo, y esto es lo que debió de acojonarlo más, con mi silencio. Al volver a su casa le entró pánico, cuando en realidad no había ocurrido nada, al menos nada grave. Y entonces quiso vengarse. No podía soportar que, por una vez, una mujer le hiciera frente. Así que Andrieu avisó a la policía.

Los dos hombres que permanecían de pie delante de mí no parecían agentes de policía en realidad, quiero decir con ello que no iban vestidos con su atuendo característico, ni quepis ni uniforme, y tampoco iban con armas, al menos armas a la vista; uno de ellos llevaba una carpeta de cartón con unas hojas dentro, me di cuenta porque me recordó a las carpetas que mi padre utilizaba para clasificar los papeles que él consideraba importantes, sobre todo las facturas, creo yo, unas carpetas beis con un cordón de dos colores, blanco y rojo, que quedaba atrapado por una hebillita con dientes de sierra, sé que es extraño recordar ahora este detalle, pero cuando los hice pasar a la cocina me vino a la cabeza aquella carpeta de cartón de mi padre, de mi infancia: «la carpeta de las preocupaciones», como la llamaba mi madre. Preocupaciones yo tenía unas cuantas y ahora, por la expresión de la cara de aquellos dos individuos, las iba a tener más serias, no cabía duda. No sentía ni vergüenza ni miedo ni culpabilidad. En la vida siempre experimentamos uno de esos tres sentimientos, el lote que todos compartimos como seres humanos que somos, pero en aquel momento, nada, línea de encefalograma plano. Nada. Me sentía liberada, por una vez ocurría algo, aunque bastante duro, la verdad, sobre todo para mis hijos, pues era en ellos en quienes pensaba, no en mi marido ni en mí ni en mi reputación con respecto a los vecinos o en mis abejas, no, pensaba en mis hijos, en lo duro que es tener una madre a la que se le va la olla, pensaba en ellos, lisa y llanamente.

Los dos hombres entraron en la cocina, les pregunté si querían un café, aceptaron, lo que, si se piensa bien, me parece un poco inapropiado, pero yo soy educada. No tenía más que una obsesión, porque sabía que iban a llevarme con ellos, y era la de cepillarme los dientes. Llevaba mucho tiempo sin hacerlo a causa de lo de Andrieu, y yo soy una mujer limpia. Para hablar es importante notar que tienes limpios los dientes. En cuanto al resto del cuerpo, las axilas, el sexo y tal, me sentía impecable, pero con los dientes no. Y si no sentía limpios mis dientes, sabía que mis palabras tampoco lo serían y que entonces aquellos dos hombres no me entenderían.

Se sentaron, se tomaron el café, fui al cuarto de baño rápidamente y me cepillé los dientes para poder decir toda la verdad, aunque sabía que estaba acabada porque seguro que Andrieu lo habría exagerado todo. Era tan fácil acorralarme, mujer sola, dos hijos, sin marido, exceso de trabajo: culpable, sin duda.

Regresé a la cocina, por fin podía hablar, sobre todo responder, porque ellos no me hacían más que preguntas: edad, profesión, etcétera, y luego me preguntaron si tenía abogado y fue entonces cuando comprendí que eran realmente polis, que tendría que andar con explicaciones, contarles, defenderme, pero ¿defenderme de qué, en realidad? Si ni siquiera sé quién soy, ¿cómo iba a explicarles el motivo por el que fui a Cagex, acabada la jornada, para secuestrar a Andrieu? Eso me sobrepasaba tanto como una bandada de golondrinas volando por encima de mi cabeza, más aún, como un avión supersónico de esos que se oyen pasar pero nunca se ven. No sabía nada de mí ni sabía cuál era mi intención, porque esa era la palabra que sonaba una y otra vez en mi cocina: ¿cuál era su intención, señora Meyer? Me dieron ganas de decir que ya no era la señora Meyer, que había conservado mi apellido por mis hijos, por nostalgia y quizá también por amor. Sí, todavía amaba a mi marido.

No se mostraron amenazadores, amables tampoco, lo que no llego a entender, porque en la vida nunca se es neutro, siempre estamos atravesados por sentimientos, es imposible ser neutro incluso para un poli, siempre sucede alguna cosa, y una cosa fue la que sucedió: me miraban de manera extraña, debían de sentir lo mismo que sentía yo, algo insólito, terrible en realidad, la percepción del final de una vida y el principio de otra. Lo más curioso es que los tres sabíamos que el inicio de esa otra vida tenía de por sí un cariz extraordinario. Era la novedad, pero, por muy difícil que fuese esa novedad, ellos se percataban de que para mí siempre sería mejor que mi vida actual. Por lo menos me pasaba algo. Algo que yo misma había provocado, una onda expansiva, como si hubiera arrojado una piedra en una superficie en calma y los círculos siguieran extendiéndose hasta desaparecer en unas orillas desde aquí invisibles y desconocidas.

Me preguntaron si deseaba llamar a alguien. Yo no quería llamar a nadie. Era noche cerrada, no había ninguna luz fuera, ningún coche, nada, cualquiera diría que todo el pueblo sabía lo mío y por educación evitaba transitar por mi calle. Luego sonó el teléfono, los dos polis me miraron, no tenía ganas de contestar, sabía que era mi marido, mi hombre, el que me había amado y después había dejado de amarme, y entonces pensé en el río en verano, en el sol que traspasaba las hojas, en los árboles protectores, en las risas de los niños, que parecen llegar hasta el viento más alto, el que desplaza las nubes y nos hace creer en una vida mejor. No contesté, recogí algunas pertenencias y me fui con ellos.

Circulamos durante mucho tiempo, yo iba en el asiento de atrás, sola, el poli que conducía había tomado la precaución de poner el seguro automático de las portezuelas, tal vez en previsión de que pudiera escaparme. Íbamos hacia Sarlat o Burdeos, o París, cómo saberlo, no veía ningún indicador en la carretera, solo campos intuidos en medio de la noche. Pero se equivocaban si creían que me escaparía. Estaba a gusto en aquel coche. Me parecía que, por primera vez, ese era mi lugar, o que, en todo caso, ocupaba el lugar que me merecía: el de una mujer que había hecho una inmensa estupidez, pero que con ello vengaba a todas las demás mujeres, a las que trabajaban sin descanso y cada noche se encontraban con la violencia del marido ausente, los hijos revoltosos y la soledad. Ya lo dije antes, siempre es más difícil para las mujeres que para los hombres. No es que quiera dar lástima, pero es la verdad. También, por esa misma razón, al cabo del tiempo, nosotras somos más fuertes. Los golpes nos endurecen la piel. Se forma un callo en el que no penetra nada. Así que por supuesto que no, que de ninguna manera me iba a dar por huir, estaba muy cómoda en el asiento trasero; cerré los ojos y recordé de nuevo mi infancia, la parte de atrás del coche, cuando mi padre conducía después de bañarnos en el río o de pasear por el bosque, qué bien se estaba allí, en silencio, mi madre sumida en sus pensamientos, mi padre con una mano en el volante y la otra fuera, con el cristal de la ventanilla bajado, sosteniendo entre los dedos un cigarrillo que dejaba consumir sin darse cuenta, incluso con tedio, perdido él también en sus pensamientos; ya no se amaban, yo lo sabía, pero hacían lo que fuera para que no se notara, lo que significaba que amaban más a sus hijos de lo que se amaban a ellos mismos. Eso me daba tranquilidad, significaba que, al menos por una vez en la vida, alguien cuidaba de mí. Era mentira, pero era una bonita mentira, o por lo menos yo tenía la serenidad suficiente como para considerarla bonita, lo cual me agradaba, porque apreciaba el esfuerzo de mis padres por fingir, por dar una imagen de amor, de familia, aunque fuera falsa, pero existía y eso era lo más importante, que existía.

Gracias a aquella imagen de la felicidad, falsa, claro, pero que era como un árbol que crece en la arena, sin agua y en cuyas ramas algún día habrá nuevos brotes, dejaba de tener miedo a la muerte. Sé que es extraño, pero con los dos polis experimenté algo parecido: no tenía miedo a la muerte, aunque sentía con mucha fuerza ese sentimiento de muerte, y no lo tenía porque iba escoltada y nada podía ocurrirme; es verdad que estaban contra mí, pero su presencia me daba una sensación de seguridad: me había convertido en alguien a quien tener en cuenta. Ocupaba el hueco en la cama, llenaba la sombra de mi marido, el cual volvía a resurgir en la figura de aquellos dos hombres. Qué extraña es la masculinidad. Las mujeres no sabemos nada de ella. En las revistas femeninas que leo en la peluquería parecen tener todas las respuestas acerca de los hombres, pero son totalmente erróneas. Los hombres son más enigmáticos que las mujeres, nosotras nunca llegamos a saber cómo funcionan, cómo están hechos, cuáles son sus rechazos. Dije en alguna ocasión que ellos poseían la fuerza, y es verdad, así lo creo, pero también sé que no tienen otra elección, es algo metido en su historia, como el sufrimiento está metido en la nuestra. Todo es una inmensa mentira, un mal reparto de cartas; a su modo, hombres y mujeres se pelean, se aman, se detestan y se pelean de nuevo. En aquel coche me pregunté quién tenía razón y quién estaba equivocado. Victor Andrieu o mi marido no representaban a todos los hombres, al igual que mis adoradas abejas o yo misma tampoco representábamos a todas las mujeres, no éramos más que finas gotitas de lluvia que caen de las nubes y desaparecen absorbidas por la tierra. Los dos polis que tenía allí delante, conduciendo en la noche, cambiaban de pronto la situación. Me sentía bien con ellos, pese a las circunstancias que nos habían reunido. No tenía ningún miedo, iba derecha a mi destino, un destino que sabía que no sería feliz, lo presentía, pero de ese modo se cerraría el ciclo de los últimos meses, que habían sido meses borrados; después de la marcha de mi marido yo ya no era la misma, con esa soledad que me había negado a reconocer, a admitir, volcada en el trabajo y obedeciendo a Andrieu para descargar en los demás el odio que me tenía a mí misma. Actitud que era contraria a mi personalidad. Estaba verdaderamente enfadada con él y por eso no lamentaba lo que le había hecho, no quería defenderme, al contrario, quería tan solo decir la verdad, o peor aún, quería decir que lamentaba no haber ido todavía más lejos. Él merecía un castigo más severo y yo no tenía nada que perder. Tan solo estaba preocupada por mis hijos, por nuestra reputación, no me daba vergüenza que me tomaran por loca, pero abochornaba a mis hijos, porque es humillante tener una madre loca, y angustioso, porque ya no pueden estar seguros de su amor ni de la historia que han vivido con ella. Yo no estaba loca, pero sabía que mis hijos optarían por creerlo para rehacer sus vidas. Ni que decir tiene que no albergaba la menor intención de fingirme loca. Mi acto había sido un acto responsable, vengaba a los trabajadores de algunos jefes y yo estaba orgullosa de ello. Cabría pensar que era algo un tanto estereotipado, que en realidad hacerlo no era importante para mí, pero todo era cuestión de equilibrio. Yo restablecía las fuerzas, al aplastar a quien había abusado tanto de la suya para menoscabar a personas ya de por sí débiles. No era una justiciera, sin embargo, me sentía investida de una misión cuyo desenlace había dejado de importarme, ya que por primera vez iba en la dirección del futuro.

El viaje fue largo y me di cuenta de que nos dirigíamos a una gran ciudad, Burdeos seguramente. Cerré los ojos, habíamos dejado atrás la nacional y el campo engullido por la noche para lanzarnos por la autopista. Me parecía que el coche circulaba demasiado cerca del guardarraíl y en varias ocasiones deseé en secreto que tuviéramos un accidente; al fin y al cabo, ya no esperaba demasiado de la vida, iba a perder mi trabajo, mi libertad, unos cuantos meses o tal vez unos cuantos años, no alcanzaba a ver el grado de gravedad de mi gesto, pero conociendo a Andrieu, tomaría cartas en el asunto para borrarme del mapa de una vez por todas. Morir con dos desconocidos me parecía una idea romántica, como en las telenovelas en las que el amor bordea a menudo la tragedia para darle una apariencia milagrosa y única. Tal cual habría sido mi caso. Milagroso y único, único y milagroso.

Yo no esperaba un marido como el que tuve, él tampoco esperaba a una mujer como yo, tuvimos una felicidad discreta, lo que para mí ya era un milagro. No es tan fácil encontrar a un hombre que encaje contigo, alguien con quien recorrer un largo camino sin tener dudas ni hacerse preguntas. Si se piensa bien, es muy complicado ser compatibles, confiar el uno en el otro. No sé si estábamos hechos para vivir juntos, pero me gustaba vivir con mi marido, a pesar de todo. A la larga, pierdes perspectiva, entonces es cuando olvidas lo que sabes. Después de la marcha de mi marido, la violencia de la que todavía no puedo hablar regresó, con intermitencias. Además regresó ampliada, fuerte, repugnante, de manera más continua, más ampliada, grande y repugnante todavía porque la negué. Lo que no quieres ver o admitir va creciendo a tus espaldas. No puedes evitarlo. Podría comparar esa violencia con un helecho gigante que, cuanto más espacio ocupaba, más me constreñía, pero yo no quería verlo, no veía hasta qué punto seguía chupando las reservas de agua de la tierra, es decir, de mí. Yo quería ser perfecta, irreprochable. Y si he de ser castigada, no será por mi gesto, que, como he dicho, no lamento en absoluto, es más, si hubiera que volver a hacerlo, lo haría otra vez con más fuerza y mejor organizado. He de ser castigada por haber negado la violencia, porque, al negarla, me negué a mí misma y negué el milagro, el amor, el que mi marido me daba a mí y el que yo le di a él tan generosamente.

Cuando era niña, mi madre me leía cada día la sección de sucesos y las necrológicas. De los sucesos, ella decía que era importante saber hasta qué punto algunas veces los hombres podían volverse locos y era necesario protegerse de ellos, o al menos estar muy vigilantes, en la calle, en el río, al salir de la escuela, y también de los sátiros que merodeaban especialmente por las escuelas, estaba obsesionada con eso; decía también que ser consciente de las desgracias ajenas iluminaba nuestra propia vida, forzándonos a no quejarnos demasiado y a contentarnos con lo que teníamos, que aunque esto no fuera el paraíso, había gente que conocía el infierno en la tierra y, por respeto, no debíamos olvidarlo nunca. En las necrológicas buscaba a viejos conocidos y sospecho que sentía cierta decepción cuando no figuraba ningún nombre que le recordara a un amigo o a una familia que ella hubiera tratado. Era una verificadora, en cierto modo. También ella hacía listas, como yo en Cagex. Tenía sus propias clasificaciones y, cuando estas iban reduciéndose, encendía la televisión para ver las aventuras del comisario Maigret. A veces pensaba que mi madre era un enigma que nunca llegaría a descifrar del todo, en eso me parecía a ella.

En el coche, con los dos polis, parecerá una tontería, pero sí, me sentía segura. Me había convertido en alguien importante, era llevada, se ocupaban de mí. Incluso pusieron música en un momento del trayecto, una música suave como la de los ascensores o los supermercados, esa especie de melodía que crees conocer sin conocerla realmente, sin letra, una canción de cuna para niñas adultas como yo, pues a fin de cuentas lo que yo había hecho era una chiquillada, había arrinconado mi cerebro de mujer adulta y había actuado como una niña enfadada con su padre, con la diferencia de que yo nunca he sentido odio hacia mi padre, nunca, aunque por un hombre en particular sí, es verdad, aquel que no soy capaz de olvidar y del que todavía no puedo hablar, no, aún no.

Como decía, yo estaba a gusto en aquel coche, la música me traía imágenes de los veranos cuando era pequeña, la plaza del mercado vacía, los postigos cerrados a primera hora de la tarde por el calor, el bar que se empezaba a llenar a eso de las cinco, las familias, los amigos, los niños, los borrachines acodados en un rincón, todos mezclados en una felicidad simple, aunque muy real, en la que el tiempo parecía haberse detenido, y aunque mis padres ya no se amaban, me gustaba verlos reír o discutir con los demás, que quizá tampoco se amaran ya, pero todos lo fingían como por educación. Educación en la vida. ¡Es tan valiosa la vida! Tendemos a olvidar que estamos vivos, que nos despertamos cada mañana, que hacemos las cosas que tenemos que hacer, por mucho que nos pese y por muy repetitivas que sean, que esos hábitos nos hacen felices, que por nosotros pulula un sinfín de células que nos permiten existir, sé que parece una tontería, pero a veces lo olvidamos, nos cuesta recordarlo, y hacerlo es la cosa más sublime del mundo, no tenemos derecho a dejarlo a un lado; yo lo hice, no puedo decir que lo lamente, porque en cierto modo estoy orgullosa de haber torpedeado al pobre Andrieu, pero estoy segura de que eso va a reducir mi vida, que mis células se van a resentir y se vengarán, porque al fin y al cabo las he traicionado, ellas cargaban conmigo y yo he ido más allá del límite; no digo que me vaya a morir, ya no hay pena de muerte en Francia y lo que he hecho no merece la pena capital, pero sé que he roto el devenir de la vida, al menos el de la vida normal. Lo comprendí claramente cuando abandonamos la autopista en la salida con dirección a Burdeos. Todo pasó a ser como en las películas americanas. Uno de los dos polis, el que no conducía, apagó la radio, encendió un cigarrillo y bajó la ventanilla. Se había producido un cambio. Contemplaba sus nucas bien rasuradas, sus hombros anchos, y si yo hubiera sido más joven podría haber pensado, creído o temido que iban a parar el coche, a obligarme a bajar y a echarme un polvo rápido y apañado en la cuneta, vaciándose así de la jornada que llevaban encima y de aquella carretera tan larga, pero yo ya no tenía la edad para ese tipo de paradas.

El poli que fumaba se volvió hacia mí y me dijo: «Está usted jodida, espero que sea consciente». No dije nada, pero por supuesto que era consciente. Luego él añadió: «No se quejará, podríamos haberle puesto las esposas». Tampoco dije nada, pero esposas llevaba desde hacía mucho tiempo, unas veces en las muñecas, otras veces en el cuello, aprisionando mi corazón que ya no latía como antes. Luego los dos polis empezaron a despotricar por culpa de la carretera, del cruce que no había que tomar, de la zona industrial que ahora tendrían que atravesar. El asiento trasero del coche me pareció de pronto demasiado estrecho para lo que yo llevaba en mi interior: la pena que sentía que iba a causar a mis hijos. Era una pena infinita, me daban ganas de llorar, pero no hay que mostrar las lágrimas delante de los desconocidos. A continuación, el mismo poli me dijo: «¿Quiere un pitillo, como el último que les dan a los condenados?». Ambos se echaron a reír. Sé que me consideraban una pobre chiflada. Porque era mujer. Porque tenía una edad. Porque el poder lo tenían ellos. Yo seguía callada. Podría haber respondido, haberme defendido, pero no, nada. Tan solo eran dos tipos insignificantes para mí que hacían su trabajo, cuando lo que habrían preferido era estar entre los muslos de sus putas, porque tipos como esos no tienen esposas, sino putas.

Cuanto más nos acercábamos a la ciudad, más volvían a representar su papel. Yo no tenía miedo, los despreciaba. Porque la fuerza de las mujeres es despreciar el poder de los hombres sobre nosotras. Bien mirado, es nuestra única fuerza, ya que, sinceramente, por mucho que pataleemos y nos debatamos, ellos siempre serán los amos y nosotras siempre estaremos debajo; no mentalmente, por supuesto, sino físicamente. Esta es la gran desgracia de las mujeres: la vulnerabilidad. Siempre estamos debajo del cuerpo de los hombres. Ellos tienen la última palabra. Un hombre nunca tiene miedo, y cuando digo «miedo» quiero decir el auténtico miedo, el miedo ancestral que las mujeres llevamos a cuestas desde niñas, el miedo a la violación. El miedo a esa suciedad. Está incrustado en nuestra historia de mujeres. Nos une a unas y a otras, sea cual sea el país o el medio social. Las mujeres están hermanadas en el miedo a la violación. Es terrible, pero es así. Nosotras estamos abiertas, ellos están armados. Nosotras somos vulnerables, ellos poderosos. Por esta razón el mundo seguirá siendo gobernado por los hombres y por el miedo que generan. Esto no tiene visos de cambiar. Porque las mujeres están menos alerta que antes. Parecen haber bajado la guardia. El miedo se ha vuelto más intenso. Andrieu no me dio miedo, y sin embargo, a pesar de todo, él ha ganado. Amo a mis hijos, me ha hecho feliz haberlos traído al mundo y me he repetido muchas veces que los enseñaría a respetar, a ser amables, a ser dulces, y he tratado de hacerlo, aunque finalmente no sé cómo se comportarán más adelante y por mucho que los quiera, sé que la correlación de fuerzas siempre será desigual. Como ya he dicho, nosotras hemos integrado el sufrimiento, pero ellos no tienen ni idea de lo que es eso. Siempre seremos frágiles, a merced del primer gilipollas que aparezca. Es así, hay que aceptarlo, pero yo me resisto a hacerlo. En este punto en concreto es en el que detesto a la naturaleza. Detesto lo que ella impone. Lo llaman el orden natural, pero yo veo muy desordenada a la naturaleza. Nos falta algo a las mujeres. Algo defensivo. Algo en nuestro cuerpo equivalente al sexo de los hombres, a esa potencia suya. Algo, en definitiva, que nos dé confianza y, por tanto, poder. Los hombres gobiernan el mundo porque ellos no tienen miedo. Ellos tienen alas, mientras que nosotras nos atascamos en el fango. Pienso con frecuencia en mis pequeñas abejas. Me dan lástima. Las mujeres nunca hablan de la violencia, se defienden de ella muy raramente. Yo hago igual. No digo nada, me lo echo todo a la espalda, me callo y luego, un día, de repente, lo reviento todo.

Amaba a mi marido, pero creo que odio a los

hombres. Y sobre todo odio a los hombres que hacen daño a las mujeres. Me alegra haber conseguido que Andrieu se cagara de miedo. Pagó por todas las demás. No habrá sido por mucho tiempo, pero ha sido real. Ya podía ese poli ofrecerme el pitillo de los condenados y maltratarme, que a mí me la refanfinfla. Me sentía viva, en la vida, porque, durante aquel pequeño lapso que duró el secuestro, había podido elegir y, por fin, era yo la violadora.

En el coche policial pensé en mi madre y reconocí que no sabía nada de su vida, de su verdadera vida, de la vida con mi padre, de lo que sentía por nosotros. Creo que era desgraciada, pero aguantó, como yo con mi piedra en el zapato. Siguió caminando, educándonos. Se quedó con mi padre porque en aquella época la gente no se divorciaba. Continuó por su senda trazada, sin desviarse, cumplió sus tareas, sus deberes de mujer, y luego falleció sin haber abrazado ni conocido la locura del amor, esa que te hace cruzar el país de punta a punta para encontrarte con el otro. La que te causa un estremecimiento en el estómago y un temblor en las manos. La que vemos en las películas y que debe de existir en alguna parte porque todas las historias se inspiran siempre en hechos reales.

De pronto, todo se iluminó en la noche. Era la ciudad, la gran ciudad, Burdeos, ahí acababan la autopista, la carretera nacional, mi pueblo de mierda, mi cocina y las tazas de café, mi cama, mis sábanas frías, el amanecer con Andrieu, los días idénticos, mi insignificante vida de insignificante cincuentona separada, como tantas otras. Yo era alguien vulgar y corriente y lo sabía, siempre lo he sabido. Me conformaba con ello. No envidiaba nada de nadie ni he tenido celos de nadie. Aceptaba mi banalidad. Siempre hay alguien que está peor que tú, siempre hay algo que es peor que lo tuyo.

Las luces de la calle empezaban a iluminar mis piernas en el coche y me sentí más de carne que de costumbre. Todo empezaba a abrirse, precisamente ahora que a mí me iban a encerrar. Todo brillaba. Esa era la verdad, veía luz por todas partes y yo, por fin, iba a poder mirar mi secreto de frente, incluso a aceptarlo, a tener plena conciencia de él, a sumergirme en él como en un océano, zambullirme en sus aguas y sentirme limpia de una vez por todas.

Cuando nos detuvimos, supuse que habíamos llegado a la comisaría, aunque el edificio era neutro, sin ninguna inscripción. El poli que fumaba abrió la portezuela y me agarró brutalmente del brazo. Me golpeé la cabeza al salir del coche, pero no me dolió, o por lo menos no sentí que me doliera. El otro, el que no fumaba, el conductor, me empujó hacia la entrada del edificio policial; parecía cansado. Me dio una patada en las nalgas para que fuera más rápido y estuve a punto de caerme. El otro dijo: «No te pases, tío». Me sentí como en medio de dos perros. Porque parecíamos eso, una perra entre dos perros. Salvo que los perros no son así. No como ellos. Yo sí me sentía una perra, en el sentido de que yo era la más natural, la más dócil del mundo. Y eso me confortaba, por una vez me dejaba llevar, ya no estaba en plan controladora y era agradable ser yo misma por fin. ¿Que me seguían tomando por loca? Pues si eso les hacía gracia, me haría la loca. ¿Que me consideraban demasiado vieja para follarme? Me daba igual, me daban igual mis arrugas, mi barriga, mis rodillas, mis codos, mis manos, mi piel llena de pliegues, no solo en la cara, en el cuello, en el pecho, también pliegues en los lugares más insospechados, que son los peores. Lo asumo. No me importa. Lo digo sin ninguna coquetería, es la verdad. La juventud está en la mirada, en la sonrisa, en el ímpetu. Yo sigo teniendo todo eso, a pesar de mis arrugas sigo teniendo mucha energía, y con sumo gusto voy a regalársela, porque la vida de fuera ya no me interesa. Voy a entregarme sin protestar, pueden darme bofetadas, patadas, que no diré ni mu, no me resistiré, consideraré su violencia como una caricia: por fin hay alguien que presta atención a mi cuerpo. El deseo no está demasiado lejos de la violencia. Es horrible, pero es así. Cuando te golpean, te tocan, y en ambos casos, a fin de cuentas, de lo que se trata es de la piel. Por tanto, yo estaba dispuesta a recibirlo todo.

Entramos en una pequeña oficina con paredes de un blanco sucio. Me arrojaron sobre una silla. Estaba a su merced. Sin embargo, sacaba cierta satisfacción de ello. La de no quejarme. La de no defenderme. Era un tipo de desprecio. Cogieron mi bolso, lo vaciaron de golpe sobre el escritorio sin buscar nada, tan solo para inquietarme, luego uno de ellos sacó una bolsa de plástico de un cajón y metió en ella mi móvil, mis llaves y mi cartera.

Dejó fuera mi lápiz de labios, mi cepillito para el pelo, mi polvera y el pincel que va con ella, dos cartas y un resguardo de la tintorería. Me importaban un pito las llaves de casa, las del coche, mi tarjeta de crédito, los pocos euros que debía de haber en mi cartera, y tampoco quería llamar a nadie. Quería quedarme allí, en esa nueva casa, inhóspita, aunque menos que la que hasta ahora había sido la mía. Yo ya no era Sylvie Meyer y no quería volver a serlo. Había pasado página y me sentía bien. Me volvieron a preguntar mi identidad, les respondí, me tomaron las huellas, aplastándome bien los dedos para hacerme comprender que eran ellos los que cumplían la ley y no yo. Se percataron de que no estaba asustada y eso los puso de los nervios, me sacaron de la oficina y entramos por un pasillo bastante largo que parecía estrecharse cada vez más, y en ese momento me acordé de que no había comido desde hacía mucho tiempo, pero no dije nada, no quería pedirles nada. El más bruto de los dos me cogió por la cintura y me empujó al otro lado de una puerta corredera acristalada y con dos cerrojos, diciéndome: «Tienes toda la noche, o más, para reflexionar, gilipollas».

Volví a hallarme en el pozo. Me sentía mejor. Me quedé dormida.

Me despertó el ruido de la cerradura de la puerta de la celda. Un poli nuevo, al que no había visto hasta entonces, me dijo directamente: «La ley nos da derecho a prolongar la detención preventiva. Le vamos a traer algo de beber y un bocadillo, ¿de acuerdo?». No contesté, o bueno, creo que asentí con la cabeza, porque estaba sedienta, sin hambre, pero sedienta. Pensé en mis hijos, en mi marido, supuse que debían de estar ya al corriente y sentí que algo se quebraba dentro de mí, como un cristal que se resquebraja antes de romperse cuando le han lanzado una piedra.

No me chocó en ese instante que el poli me abriera la celda, pero me sentí angustiada, y no tenía nada que ver con el hecho de que estuviera encerrada. Estaba bien donde estaba. Se hacían cargo de mí o, en cualquier caso, iban a hacerse cargo de mí. Yo no tenía que ocuparme de nada. Era descansado; extraño, pero descansado. Y de pronto me sobrevino esa angustia cuando el poli entró para hablarme. Una angustia que me atacó de nuevo, incluso con más fuerza, cuando me trajo la botella de agua y el bocadillo. Él permanecía de pie delante de mí. Me miró sin decir nada y luego se fue cerrando la puerta bajo llave. Mi angustia iba en aumento, pero una vez más no era por el hecho de estar encerrada. Me di cuenta enseguida y até cabos, no soy tonta. Era el olor que despedía lo que me ahogaba. Conocía demasiado bien ese olor, un olor que me perseguía desde hacía mucho tiempo y que, por más que me hubiera lavado y frotado la piel aquella noche, no se me iría. Un olor fuerte, de sudor, y he de añadir que no todos los hombres lo tienen. Pero aquel poli lo tenía, como lo tenía el Otro. El Otro.

Es el momento de hablar de la violencia. Estoy lista. Tengo las palabras y la fuerza. No tengo nada que perder. La violencia que he conocido, que me han enseñado, que he tratado de olvidar sin conseguirlo, de esa violencia es de la que voy a hablar por fin. Por su culpa lo he perdido todo. Estaba larvada en mí y resurgió con Andrieu. Era cuestión de tiempo que yo me vengara. Esa violencia tiene una historia. No es la más hermosa de mis historias, pero es la más larga, porque se lo ha llevado todo con ella.

Desde que era niña, cogí la costumbre de ir al río, a unos pocos kilómetros de nuestra casa. Al principio iba con mis padres, mi hermano y mis hermanas.

Íbamos a la parte reservada para las familias. No es que estuviera reservada de verdad, pero todas las familias se reunían allí para mayor tranquilidad. Había un lugar secreto que me hacía fantasear, pero estaba prohibido porque se decía que allí pasaban cosas que los niños no tenían edad para ver. Yo, desde luego, no tenía ni idea de qué se trataba, era demasiado ingenua todavía, pero aquel lugar me atraía.

Me imaginaba toda clase de historias, de monstruos y hadas, pero nunca de hombres y mujeres que pudieran encontrarse allí. Había un límite que no podíamos traspasar. Y no lo traspasábamos. Estaba a unos cuantos metros cerca de la orilla del río, pero no más. Nuestros domingos al borde del agua eran como los de todas las familias, excepto que yo sabía que mis padres no se entendían, y ya he dicho en otra ocasión lo enternecedor que me parecía que lo fingieran. El amor no era eterno, el matrimonio no mantenía para siempre sus promesas. Mis padres estaban juntos, pero no mostraban nada, y hoy se lo reprocho. Deberían haberlo mostrado, dicho, llorado delante de nosotros. Yo habría tenido, entonces, las armas necesarias para luchar por conservar a mi marido. La mentira es lo peor de todo. Es una cosa que te persigue, por más que sepas que no es buena, la repites. Y yo no he hecho más que repetirla. Y he mentido tanto. También es la razón por la que estoy aquí hoy.

El río era precioso. Iba a pescar allí con mi padre, no picaba nada en el otro extremo de nuestras cañas, había mucho ruido a nuestro alrededor, pero mi padre siempre tenía la palabra justa, decía que las cosas terminan por suceder si se tiene paciencia y tranquilidad y que yo era una niña demasiado nerviosa que espantaba a los peces. Yo lo creía, pero ni mi impaciencia ni mi nerviosismo espantaban a los peces. El río estaba vacío y un día yo iba a llenarlo con mis lágrimas. A veces, si hacía demasiado calor para volver a casa, nos quedábamos hasta caer la noche. Adoraba esos momentos. A pesar de las mentiras de mis padres, la felicidad existía gracias a la leña ardiente, a la brasa de las barbacoas encendidas cerca unas de otras como fogatas, a las risas excitadas de los niños y de los adultos que bebían y charlaban porque ya se sabe que la noche une. Todo parecía apacible y el río, aunque no llevara peces, discurría cerca de nosotros con ese rumor tan particular que lleva a creer que algunas veces la naturaleza vela por nosotros. Odiaba el momento en que teníamos que marcharnos y atravesar el bosque, temiendo que traspasáramos el límite que nos separaba de los monstruos y de las hadas. Pero no ocurría nada. Y como nunca ocurría nada, estaba segura de que, aunque se me hiciera tarde, el río me protegería aquel verano de mis quince años sin mis padres. Éramos un grupo de amigos, del instituto y de los pueblos de alrededor. Cada verano se nos agregaba una chica o un chico nuevos. Nuestro grupo crecía en número y eso nos daba seguridad, formábamos una tribu. Habíamos acabado por besarnos todos con todos, chicas y chicos, a veces incluso chicas con chicas y chicos con chicos, a ninguno nos llamaba la atención eso, eran los sentimientos los que nos unían. Éramos libres.

Aquel verano hubo una especie de aceleración. Sí, puede decirse así. Hacía más calor y era más sofocante que de costumbre. El deseo estaba en el ambiente, lo llenaba todo, era obsesivo, casi dolía. Íbamos temprano al río, al lugar donde no había que ir. No había ni monstruos ni hadas, solo estábamos nosotros besándonos de rodillas sobre las piedras. Algunos se acostaban, pero yo no, yo no quería, solo besaba y luego regresaba a casa con las rodillas doloridas. Volvíamos al día siguiente, yo no buscaba nada y tampoco encontraba nada, vivía mi juventud, era bonito. Una lengua sobre mi lengua, un vientre sobre mi vientre. También era bonito sentir eso. Creía en princesas, pero no creía en el príncipe azul, quería preservar mi virginidad, aunque no por una convicción religiosa, porque no teníamos ninguna en casa, algo que en ocasiones he echado de menos, estábamos demasiado unidos a lo terrenal, a la desesperanza de lo terrenal, para ser exactos, sino tal vez para demostrarme que mis padres estaban en un error, que se equivocaban. Yo creía en la felicidad. Creía en ella de verdad. Me sentía más fuerte que la vida, y sobre todo más fuerte que el esfuerzo de vivir. Sí, porque la vida supone esfuerzo, el día a día, las costumbres, el tedio que se instala y que no queremos ver ni reconocer y que acaba siempre por vencernos. El tedio es una sanguijuela. Lo chupa todo y no te das cuenta de ello hasta el día en que la tienes delante de tus narices y ya es demasiado tarde, no puedes dar una vuelta de tiovivo a la inversa, porque el carrusel ya no funciona, y aunque funcionase, tu boleto ya no vale y no puedes comprar otro porque la taquilla ha cerrado para siempre.

Aquel verano, el verano de mis quince años, conocí a alguien. Se llamaba Gilles, tenía treinta y cinco. Todos estábamos fascinados por su edad, los chicos porque querían parecerse a él, las chicas porque competían por gustarle. Nos llamaba «chavales». Era viajante de comercio, vendía suministros médicos. Iba de una punta a otra de Francia en coche con cajas de medicamentos y de jeringuillas en el asiento de atrás; solía aparcar cerca del río y luego se metía por un sendero del bosque que parecía conocer bien, lo que a nuestros ojos lo convertía en alguien grandioso, porque nosotros no conocíamos ese sendero y nos preguntábamos cómo había podido abrirse camino entre los pinos. Era una especie de héroe. El héroe de nuestro verano. A menudo llevaba consigo una caja de vino rosado, cigarrillos y chocolate y nosotros éramos como gorrioncillos a su alrededor. Iba siempre con unos pantalones burdeos y un suéter marino, de lana a pesar del calor; decía que tenía frío porque había vivido en África y, para él, el verano en Francia era el Polo Norte. De su cuello colgaba un amuleto que le había dado una mujer después de una noche «carnal», y yo retuve esa palabra que nunca había oído, tan mágica como su amuleto, que él besaba a veces para ahuyentar la mala suerte y protegernos de la calamidad. Y allí estábamos todos, boquiabiertos escuchando sus historias de África, de vudú, de ríos rojos de sangre y de portentos. Yo la que más. Podía estar escuchándolo durante horas, incluso sola, adoraba su voz, su manera de mirarme, de apartarme el flequillo cuando me caía sobre los ojos. Tenía las manos callosas, pero era suave y recordaba su roce sobre mi frente cuando me dormía por la noche en mi habitación. Creía que su amuleto me protegía y que algún día yo también iría a África, cruzaría la frontera, me escaparía de ese pueblucho en el que no podía esperar otra cosa que una vida como la de mis padres.

Soñaba con otro porvenir, aunque sabía que el mío estaba decidido de antemano, que los sueños no eran para gente como nosotros.

Pronto me di cuenta de que Gilles estaba un poco pillado por mí. La diferencia de edad no era un obstáculo. Él decía: «Eres como una hermana pequeña, pero yo no te veo como una niña, no soy tan mayor para eso, ni tú tan joven tampoco».

Me llamaba cariño, corazón. Me encantaba, porque las otras se morían de celos. He de confesar que yo jugueteaba un poco. No quería acostarme con él ni nada, pero, para ser sincera, lo cierto es que, a medida que pasaban los días, me entraban más ganas de provocarlo. Por la mañana, cuando me despertaba, me excitaba la idea de encontrarme con él. Se había convertido en el líder de nuestra pandilla y eso me lo hacía más valioso.

Para mí era superior a mi hermano y superior a mi padre. Había viajado, parecía libre, fuerte, inasible. Tenía miles de proyectos. Eso me lo volvía más guapo, atractivo. Me sentía bien a su lado, tranquila, sin embargo veía claramente que él estaba acostumbrado a seducir, a contar las mismas historias cuando se encontraba con gente nueva. A veces sospechaba que mentía. Pero me gustaba la eventualidad de que fuera un mentiroso. Eso lo hacía más seductor aún.

Tenía los ojos muy verdes, como horadados por dentro, y yo veía fluir por ellos los ríos de África, a veces también mi reflejo cuando lo miraba muy de cerca después de que me atrajera por la cintura hacia él y de que oliera su aliento un poco a alcohol, sin que fuera molesto, y su olor a sudor que lo convertía en un hombre de verdad, maduro, y no como los chicos de mi entorno. Creo que lo que me atraía realmente de él era la edad. No trataba nunca de besarme. Cuando me veía caminar, me decía: «Tienes un hermoso culo, pero nunca te lo tocaré».

Pasó el verano, se formaron algunas parejas, unos cuantos dejaron nuestra pandilla para irse a otra, al otro lado del río. Hacíamos barbacoas al atardecer, Gilles se ocupaba de todo, bebía mucho, soportaba bien el alcohol, y nos hacía beber a nosotros, rellenaba nuestros vasos en cuanto los veía vacíos; yo lo dejaba hacer, el rosado me daba una alegría que nunca había sentido como hasta entonces, algo que te sacaba realmente de la infancia, un gozo que en aquel momento yo suponía que era una alegría de adulto, como si dejara atrás un poco mi vida, el pueblo, mi familia, y me acercara a ese hombre que no deseaba, pero que tenía la inteligencia de darme un estatus particular: el de la chica más interesante de la pandilla.

Decía que yo tenía algo diferente, un talento especial que estaba seguro de que me llevaría a un gran destino. Y no lo creía, pero me gustaba oírselo decir. Era como si me diera una oportunidad. Una oportunidad de creer en mí. Una oportunidad de creer en días mejores. Una oportunidad de no repetir los errores de mis padres. Una oportunidad tal vez de convertirme en alguien. A veces, cuando hacía mucho calor, nos daba por bañarnos de noche. Gilles no se unía a nosotros, se quedaba de pie junto a la orilla para vigilarnos, decía, pero yo sabía que era para espiarnos.

No se quitaba su suéter, lo que era raro, pero nadie le daba importancia. Era como su manera de imponer a los demás su modo de ser, su diferencia, y lo respetábamos. Peor aún, lo admirábamos. Y digo «peor» porque la admiración es un veneno. Nadie desconfía de aquel al que admira. Lo que te mantiene en guardia es el desprecio, también el miedo, evidentemente, pero no la admiración. Y yo nunca tuve miedo de Gilles, al menos nunca durante todo aquel verano. No suponía ninguna amenaza, tal vez estuviera un poco fuera de lugar con respecto a nosotros, pero eso lo hacía más frágil ante mis ojos. Era la única que lo veía así. Era casi conmovedor, aunque Gilles no tenía nada de conmovedor. Él ocultaba una historia, un pasado, y yo, pese a mi juventud, lo presentía. Tenía las frases adecuadas y eso me parecía poderoso. Yo en cambio me liaba en mi lenguaje, era incapaz de decir dos frases seguidas, por timidez y también creo yo que por falta de costumbre. En casa no hablábamos lo que se dice hablar de verdad, no hablábamos de cosas importantes, íntimas, apenas nos mirábamos, salvo aquel verano en que mi madre no dejaba de decirme que tuviera cuidado cuando fuera al río, decía que estaba en una edad peligrosa. Demasiado joven para darme cuenta del peligro, demasiado mayor para renunciar a él. No comprendía el sentido de sus palabras, pero sabía que mi madre estaba refiriéndose a Gilles. Una mañana ella me había visto subirme a su coche. Hacia el final de las vacaciones de verano, venía a buscarme y nos íbamos de compras juntos. Debíamos de hacer una curiosa pareja los dos, pero a mí me traía sin cuidado. No hacíamos nada inapropiado. En cambio, podríamos haberlo hecho fácilmente en su coche. Pero nada. A veces me pasaba la mano por la mejilla, como podría haberlo hecho un padre; bien sabía yo que él no era mi padre, no se parecía lo más mínimo, pero yo sentía eso cuando estaba en su coche, con la diferencia de que ahora yo ocupaba el asiento del pasajero, el que ocupaba mi madre habitualmente. Mi infancia había acabado, estaba allí delante, frente a la carretera, a todo gas con Gilles, sin decirnos nada, sin música, solo nosotros dos al final del verano. Él no tardaría en subir al norte por su trabajo. Su coche estaba un poco sucio, pero eso no me incomodaba. Yo estaba bien con él, no quería nada más. No esperaba nada más. No me atraía demasiado, pero necesitaba estar con él, estar con un hombre que me apreciase.

Las chicas de la pandilla empezaron a distanciarse. Un día, un chico me dijo que ocultaba muy bien mi juego y que yo estaba más buena de lo que parecía. Gilles lo puso en su sitio inmediatamente.

Eso era lo que me gustaba de él, que me defendía como nadie me había defendido nunca. Entonces dejé de tener cuidado. Ya lo he dicho antes, él no me daba miedo. Confiaba plenamente en él. A sus ojos, yo era intocable.

Sucedió antes de ir al río. Pasamos por el pueblo para hacer unas compras, como de costumbre, y a continuación me propuso llevarme adonde él vivía cuando se quedaba en la región. Estaba a pocos kilómetros. Después de todas las semanas que habíamos pasado juntos, para él era importante enseñarme dónde se alojaba. Era un signo de confianza y de amistad. Para mí era una lata, pero como eso parecía complacerlo, acepté. No tenía ningún temor, es más, me encontraba segura. No me sentía en peligro, me sentía protegida por él, eran los chicos de mi edad los que no sabían controlarse, cuando se mamaban podía ocurrir de todo. Gilles era maduro y decía que había que respetar a las mujeres más que a nada en el mundo, porque ellas nos daban la vida y por eso estaban más cerca de Dios que los hombres. Las mujeres eran ángeles, y de mí decía que era su representación más sutil. Ningún tío me había hablado nunca de ese modo. Ninguno. Así que acepté ir a ver dónde vivía. Por curiosidad y un poco por orgullo también. Nadie había ido a su casa. Me sentía halagada.

Circulamos durante veinte minutos. El asiento del coche se me pegaba a los muslos por el calor que hacía. Al ir sentada, mi vestido de tirantes se me subía. Recuerdo que Gilles, por primera vez, llevaba una camisa con las mangas remangadas; tenía calor, más calor que nunca, me había dicho, y yo noté también que olía más que nunca. Era un fuerte olor a sudor. Fumaba como mi padre, sacando el brazo fuera de la ventanilla. Yo miraba la carretera, estábamos en medio del campo. Los troncos de los plátanos estaban pintados de blanco y, de tanto mirarlos pasar, me noté un poco mareada. Él tomó una bifurcación a la derecha por un camino de tierra, sin asfaltar, lo cual hizo que el coche diera tumbos y, con el olor de Gilles, creí que iba a vomitar. En ese momento me volví para coger el pan que estaba en el asiento de atrás y noté que me miraba la espalda, los hombros, las nalgas. Solo lo noté, no llegué a ver si me miraba de verdad. Luego supuse que eran figuraciones mías y que no tenía nada que temer. Puede que Gilles fuera un poco raro, pero era un buen tío. Tenía un lado galante que llamaba la atención: te abría siempre la puerta, estaba pendiente de que no le faltara nada a nadie, les ofrecía a las chicas fuego para el cigarrillo. Un buen tío, vamos. Mucho más que todos los gilipollas de mi edad. Entonces me sentí mal por pensar esas cosas y volví a sentarme en mi asiento sin decir nada.

Estábamos entre dos campos de labranza, a campo abierto, en realidad, sin una granja en los alrededores y ni un solo campesino en su tractor. No tardaría en estallar una tormenta. Gilles silbaba, parecía contento, yo también me sentía a gusto y mis náuseas habían quedado atrás.

Más allá de los campos había un pequeño calvero con hierba quemada del que habían talado los árboles y daba la impresión de ser más bien un terreno abandonado, incultivable, en el que alguien había construido una casa muy elemental, pero una casa al fin y al cabo, con bloques de hormigón a la vista, un tejado al que le faltaban tejas, una puerta de madera y dos ventanucos, uno de los cuales tenía un cristal roto, un cable que cruzaba la fachada, dos bidones en la entrada y, un poco más lejos, una cuerda sujeta entre dos postes en la que había ropa tendida: unos calzoncillos, una camiseta, dos pantalones rojo oscuro y una toalla de baño con un rostro en forma de sol. Era la casa de Gilles. Dijo: «No es muy lujosa, pero para un mes al año es más que suficiente». Me pareció raro que me enseñara su cuchitril, eso no lo favorecía, pero no dije nada y nos bajamos del coche después de aparcarlo cerca de un hoyo que parecía un pozo.

Me torcí un poco el tobillo mientras caminaba, Gilles se detuvo y me preguntó si me encontraba bien, porque si yo quería él podía llevarme en brazos como una princesa hasta la casa. Me pareció un gesto encantador que me tranquilizó, aunque seguía preguntándome qué estábamos haciendo allí.

Cuando abrió la puerta y entramos, reconocí de repente el olor de su sudor. Me volvió una náusea, pero me callé. La casa consistía en una sola habitación, bastante oscura, fresca, lo cual era muy de agradecer. Había una mesa con unos cuantos vasos, dos botellas de vino vacías, varios platos sucios en el fregadero y una lata de sardinas. Había también un colchón a ras de suelo con una sábana apelotonada, pero no me fijé demasiado, me daba vergüenza. Gilles me ofreció una silla y me preguntó si quería beber algo, yo le pedí un vaso de agua y él me dijo que me dejara de coñas, que había cervezas al fresco, pero yo le dije que era un poco pronto para mí y él me respondió: «Haz lo que quieras, yo voy a coger una».

Estaba sentada a la mesa, se me hacía raro ver allí aquellos vasos y aquel cenicero lleno de colillas, porque Gilles siempre decía que no conocía a nadie en la región, aparte de nosotros, su pandilla de críos. Supuse que todos esos vasos eran suyos, que ni siquiera se había molestado en lavarlos. Pensé que sus historias de África eran todas falsas. Que era un pobre tío, una especie de indigente que se metía en los cuchitriles que iba encontrando a su paso. Empecé a sentirme mal, él debió de darse cuenta porque me dijo: «Te dejo, voy a mear fuera».

Cuando salió, oí el cerrojo de la puerta. Entonces le eché dos tragos a su cerveza. Estaba aterrada. Cuando regresó, dijo: «¡Eso está mejor! Voy a abrirte una para ti sola y vamos a brindar, es tan maravilloso verte aquí, compartir esto solamente contigo».

Traté de convencerme de que todo iba bien y de contener mis náuseas; entonces me levanté, cogí la cerveza que él me tendía y bebí una buena cantidad, estaba muy fría; me sentí un poco mejor hasta que, de pronto, él quitó la llave de la puerta, cerrada con doble vuelta, y se la guardó en el bolsillo delantero del pantalón. Hice como si no hubiera pasado nada. Empecé a hablar para ganar tiempo.

Conservo en la memoria casi todas las palabras de aquella conversación que yo trataba de mantener el mayor tiempo posible, porque sabía que su final sería el principio de mi final.

Hablamos largo rato. Me dijo que mis amigos no eran amigos de verdad, que estaba completamente equivocada, que aquello no era amistad, que con un amigo de verdad se puede contar día y noche y que para él era evidente que las chicas y los chicos del río no me tenían en alta estima. Yo le contesté que no estaba de acuerdo, él empezó a hablar más alto, aunque luego se calmó. Decía que él era mi verdadero amigo, solo él, no quería más que mi bien, de verdad, al contrario que todos esos imbéciles que no pensaban más que en follarme. Él era diferente. Él era capaz de tener sentimientos. Porque, aunque había tenido experiencias, no había conocido a muchas chicas como yo. Yo era su niña, su alhaja. Iba a cuidarme mucho porque yo lo merecía, así lo había sentido desde que cruzamos nuestras primeras miradas. No le gustaba mi melancolía, no era normal a mi edad. Yo le dije que estaba de acuerdo en todo y que aceptaba su amistad, mientras me preguntaba a mí misma cómo podría huir de allí si las ventanas eran minúsculas, la puerta estaba cerrada con llave y la llave yacía en el bolsillo delantero de su pantalón, donde era imposible cogerla. Gané tiempo. Pensando que le gustaría sentirse adulado, le dije que me sentía halagada de que un hombre como él se interesase por mí, que eso no me había pasado nunca y seguro que no me volvería a pasar jamás, que él era especial y que confiaba en él más que en cualquier otro. Evidentemente, me equivocaba. Empezó a ponerse nervioso, a gritar que todas las mujeres eran complicadas, que siempre le habían hecho mucho daño y ya no quería saber nada de ellas, solamente importaba la amistad, atajo de putas, las detestaba, sobre todo a esas mocosas del río que meneaban sus culitos con sus shorts bien ajustados solo para excitarlo, pero eso no lo excitaba lo más mínimo. Él prefería la excelencia, lo que es único, y decía que yo me acercaba mucho a ello, que cuando pensaba en mí era un pensamiento tan fuerte que se le quedaba en la cabeza y no podía dormir por mi causa.

Para calmarlo le pregunté si había recibido a alguien en aquella casa, por los vasos que había en la mesa; me contestó que habían pasado por allí unos colegas, entrada la noche, cuando regresaba del río, que aunque estaba hecho polvo, no podía negarles nada a sus colegas porque solo importaba la amistad; además, les había hablado de mí y uno de ellos quería conocerme. Cuando dijo que el individuo en cuestión estaría a punto de llegar, me levanté y corrí hacia la puerta; sabía que estaba cerrada, pero le hice creer que no lo sabía; él gritó: «¿Qué coño haces ahí?». Le respondí suavemente: «Creo que yo también necesito hacer pis». «Cariño, ahora no, después, ven antes a darme un beso, lo necesito.»

Percibía su olor, estaba acabada, pero hice un último intento, supuse que siendo suave podría confundirlo, coger la llave y huir. Me acerqué a él, me cogió por el brazo, pegó su boca contra mi boca, la abrió con su lengua. Luego tomó mi cabeza entre sus manos, se levantó y se apretó a mí, su sexo estaba duro, me rasgó los tirantes del vestido y sentí en mi espalda unas uñas tan largas como las de las mujeres.

Era incapaz de moverme, de defenderme. «¿Ves? Eres tan puta como las demás. Lo quieres, ¿no? Quieres que te lo haga, ¿verdad?» Y de mí no salía nada, no me movía, estaba a su merced, era suya; él siguió vociferando: «¿Ves? Eres como las demás. La quieres, ¿eh? Quieres mi Cosa dentro de ti, para convertirte en una verdadera hembra y pavonearte delante de las otras hembras porque ya lo has hecho y estás a su nivel. Lo quieren todas las chicas de tu edad, os hacéis las remilgadas, pero es todo falso, volvéis siempre a lo mismo, a lo que os obsesiona, y te digo una cosa, eso me da asco. Tú me das asco, Sylvie».

Supuse que todavía tenía una oportunidad, así que le acaricié la cara y lo miré profundamente a los ojos. Él me empujó hacia la puerta y pensé que íbamos a salir, que todo iba bien, que podría olvidar todo eso, no volver a verlo, sino olvidarlo, al fin y al cabo no era tan grave, pero él sacó uno de mis pechos del sujetador, lo chupó, lo chupó durante mucho rato, y siempre estaba ese olor que me daba náuseas, pensé en los árboles de la carretera que pintan de blanco para evitar que los coches se estrellen contra ellos de noche, pero quien estaba sufriendo un accidente era yo. Luego puso su mano en mis bragas. «Esto es lo único que tendrás, no te lo mereces. Mi Cosa es demasiado buena para ti, no quiero que disfrutes.» Sentí sus dedos dentro de mí, primero dos, luego tres. Daban vueltas como si buscaran algo. Eso no duró demasiado. Los sacó de golpe, diciendo «Ya está».

Abrió la puerta, afuera la tierra estaba encharcada, la tormenta había estallado sin que yo la hubiera oído, apreté mi vestido bajo mis axilas para sujetarlo, caminamos hacia el coche sin decir ni una palabra, noté el cielo muy bajo. Podría haber tocado ese cielo. El camino de vuelta me pareció más largo. Él fumaba, siempre con el brazo fuera, y yo esperaba que un camión pasara un poco cerca y se lo arrancara. Tenía un tic en la boca que hacía un ruidito, chascaba la lengua contra el paladar, y eso me daba mucho asco, sobre todo su lengua. Yo tenía frío, tiritaba. Iba con mis brazos tan cruzados sobre mis pechos que estos me dolían. Me dejó delante de mi casa, sin mirarme, yo tenía ganas de escupirle a la cara, pero estaba demasiado asustada de su reacción, así que no hice nada. Por suerte, no había nadie en casa. Todo el mundo estaba fuera, todavía era verano, pero yo tenía mucho frío. Me sentía sucia, no ensuciada, sino sucia. Me encerré en el cuarto de baño. No me atreví a mirarme en el espejo. Me sentía culpable. Me quité mi vestido desgarrado. El pecho que Gilles había chupado estaba rojo. Cuando me quité las bragas había una mancha de sangre con forma de estrella. Una estrella con puntas torcidas e irregulares, pero aun así era una estrella. No era un dibujo muy grande. Eso me sorprendió, porque yo creía que se perdía mucha sangre al perder la virginidad. Pasé el agua caliente por todo mi cuerpo, vacié la botella de jabón líquido y luego me encerré en mi habitación. No lloré, acaricié mi sexo, traté de masturbarme, era un reflejo extraño, pero no traté de comprenderlo. Aquella noche, en la mesa, nadie notó nada. Tan solo mi madre me dijo: «Tienes buena cara. Te han sentado bien las vacaciones». Yo no respondí, solo calculé los días que faltaban para volver al instituto.

Pasaron los años, fingí olvidarme. Cuando el día de mi boda manché mi vestido con una cereza, comprendí que Gilles todavía me seguía controlando. Y cuando el poli me trajo el bocadillo y la botella de agua, era Gilles quien estaba allí delante de mí. Y me di asco a mí misma, porque durante un cuarto de segundo tuve ganas de él.

LOS DÍAS SIGUIENTES

Esto no parece una cárcel, pero es una cárcel porque no me dejan salir de aquí, tengo fijos los horarios y mis paseos están limitados. La ventana de mi cuarto tiene barrotes. Son cuatro, negros, gruesos, imposibles de serrar si me diera por hacerlo. Ni lo intento. Aquí me siento a salvo. No entendí del todo en qué consistían los cuidados, pero enseguida acepté el tratamiento diario que me dan. Una píldora en diferentes momentos del día, seguramente para calmar mis nervios, lo que hace que me sienta más tranquila que nunca. No me hago preguntas. No quiero saber. A decir verdad, no me interesan, o mejor dicho, he llegado al final de algo y no espero el comienzo de nada. Por primera vez me mantengo en el punto fijo de una línea y no quiero apartarme de él. Estoy bien así, en equilibrio, y si soy sincera puedo decir que nunca he estado tan bien como ahora. Nunca. Ni siquiera cuando di a luz a mis dos hijos. En aquel entonces suponía que quedarían para siempre como los días más hermosos de mi vida, los más completos, que nada podría apaciguarme más que haber parido dos veces, era tal el milagro, tal la alegría, que mi cuerpo lo retenía como una especie de caparazón contra la adversidad. El caparazón se rompió y la adversidad triunfó. He olvidado ya el milagro, aunque sigo amando a mis hijos más que a nada. No sé si han venido a visitarme. No lo recuerdo. Lo mismo que mi marido. Sí, todavía lo llamo marido, porque lo sigo viendo así, lo tengo grabado y eso no va a cambiar. Solo tengo un marido y no tendré más que uno solo. Así que, en realidad, aquí me siento muy resguardada. No me hacen demasiadas preguntas. Tengo algunas entrevistas con un médico. Me ausculta el vientre, el cuello, los ojos, me pregunta cosas sobre las que no le respondo. Lo que más aprecio es que no insiste y me deja volver a mi habitación sin decir nada. Es todo tan raro. En la vida siempre hay necesidad de dar un sentido a lo que se dice o a lo que se hace. Siempre hay que estar explicándose. Nunca se libra una. Pues bien, yo no tengo que explicar lo que hice con Andrieu. Tenía ganas y lo hice, punto.

A veces me dan permiso para salir al jardín. Es grande, mucho más grande que el que teníamos en casa y que yo observaba desde la ventana de la cocina, con la mirada perdida, mientras me tomaba mi café de pie, sola, antes de ir a Cagex. Hay chopos que se doblan con el viento y eso me parece muy poético; son libres, besan el cielo como ningún ser humano podría hacerlo, somos tan pequeños frente a la naturaleza, tan miserables también cuando la destruimos. Es importante para mí la naturaleza. Es como una madre. Pero un día se vengará. Las madres maltratadas siempre se vengan. Es lo que hago yo. Lo he destruido todo en una noche. Sé que no está bien decirlo, pero hoy en día me gusta haber dejado ya de ser madre o en todo caso haber perdido el estatus. Es como si por fin viviera, como si viviera para mí sola. Nadie, a fin de cuentas, vive para sí. Siempre necesitas la mirada del otro para sentir que existes. Es la eterna historia del vínculo. Se corta y rápidamente hay que rehacer otro porque el vacío da miedo. Yo no tengo miedo, me gusta el vacío que me rodea, está lleno de mí y me gusta tener conciencia plena de mí. Estoy en mi propio espacio y en mi propia ausencia. No espero nada de nadie y soy tan capaz de llenarme de mí misma como de huir de mí misma. Soy sólida y líquida a la vez. Puedo ceñirme a todas las formas y a ninguna. No es grave. Carece de importancia. Todo acaba, a fin de cuentas, para volver a empezar o no. Los chopos meten ruido por la noche. Sus hojas suenan como cuando se arruga el papel de calco. Es agradable. Mi cama es para una sola persona y ya no puedo dormir sobre la sombra de mi marido. Ahora todo está como encajado, no hay espacio de sobra, no hay margen. Es como si los mil pedazos de mi yo, antes esparcidos por el suelo, se hubieran juntado en un bloque compacto. Nunca me he sentido tan en pie, tan viva y, sin embargo, estoy echada. Estoy fundida con el espacio que me rodea, es reducido, pero me gusta porque mi cuerpo ha encontrado en él su sitio, se ha moldeado con los ángulos de la celda, que recuerda al cuarto de un niño, aunque sin los dibujos ni los colores, y sin los juguetes, una celda estrecha y segura. No necesito nada más. Me dan permiso para escribir, me han suministrado papel y un boli. Han dicho que es importante que me exprese o que mantenga el contacto con el exterior. No escribo nada para mí, pero voy a escribir a mi marido. No escribiré a Andrieu, jamás le diré que lamento lo que hice, que siento haberlo asustado, si es que se asustó. La verdad es que lo dudo, Andrieu es incapaz de emocionarse. Hay gente así, por la que todo pasa sin dejar huella. Yo estoy tan llena de marcas que incluso el viento de la chopera podría dejar huellas en mi piel. Ningún muro me protege, pero tampoco deseo protegerme. Quizá la vida, la verdadera vida, sea esto, abrazar lo existente, los elementos, fundirse con lo que te rodea, dejarte traspasar, penetrar, tomarlo todo, conservarlo todo, no rechazar nada, entregarte por una vez. Por culpa de Gilles, nunca he confiado en nadie. Siempre pensaba que me harían daño o que acabarían por hacérmelo. Y aunque ese daño tardaba en llegar, yo lo esperaba, estaba harta de esperarlo, de temerlo. Ponía en marcha un sistema mediante el cual el daño terminaría por aparecer. Y apareció. Por mi culpa seguramente. Por haber mantenido a Gilles dentro de mí sin conseguir expulsarlo. Permanecía en mis entrañas y ahí lo mantuve. No hice nada para obligarlo a salir. Si soy culpable de algo, ha de ser de eso y solamente de eso. Culpable de haber alojado a un intruso. He crecido y he envejecido con él. El cuerpo fantasma. No era consciente de ello, pero ahora lo soy.

LA CARTA

Mi amor:

Ya ves, todavía te llamo mi amor, porque siempre lo serás, no puedo pensar de otro modo, y eso que he intentado convencerme, no reprocharte nada, actuar como si tal cosa cuando me dijiste que te ibas a marchar. No traté de retenerte y lo lamento. Era normal que te fueras, aunque en realidad no lo era lo más mínimo. Lo acepté y no debería haberlo hecho. No he aprendido a luchar para hacerme querer porque nunca me he considerado digna de ser amada ni capaz de recibir amor, de reconocerlo cuando llegaba, de cuidarlo cuando flaqueaba. No tenía la inteligencia ni la paciencia que quizá tengan otras mujeres, porque no soy mejor mujer que nadie ni tampoco la que más se lo merezca, porque estoy segura de que los sentimientos hay que merecerlos y yo a ti te he descuidado. Deberíamos haber hablado, pero ni tú ni yo estábamos dotados para ello. Hoy, mientras estoy aquí ingresada, y digo «ingresada» porque el lugar donde estoy parece una clínica de reposo, siempre y cuando me olvide de los barrotes, del abogado que pasa a verme de vez en cuando, de la prohibición de franquear las altas puertas correderas que dan al jardín, el cual, pese a las flores, la chopera y los pajaritos que cantan, parece en realidad una fortaleza, hoy, digo, por fin te hablo. No sé qué hago aquí. Sé que he cometido una estupidez, pero no sé si mi sitio debe ser verdaderamente este. No sé si me lo merezco. ¿Y sabes por qué? No, evidentemente no lo sabes. Porque aquí me siento bien. Me siento segura. Creo que no he conocido nunca una seguridad como esta. Sé que vas a pensar que desvarío, pero es la verdad. Es como si siempre hubiera estado buscando este lugar, esperando este momento, dejar de pertenecer al mundo real, que para mí se hacía cada vez más falso. Mi sitio ya no estaba ahí. Y, además, ¿qué significa tener un sitio? Todos estamos descolocados, desplazados. Es como si de pronto nos hubiéramos caído de un árbol y hubiéramos intentado trepar de nuevo por él, rama a rama, sin lograrlo. Es tan difícil saber lo que se quiere, lo que se espera, lo que se desea. Cuando estabas a mi lado no te veía porque tú tampoco me veías a mí. Ya no nos mirábamos. Todo había acabado para los dos desde hacía mucho tiempo. No sé si llegó a empezar alguna vez, por otra parte. Sin embargo, te prometo que te amaba. Pero ni tú ni yo sabíamos hacerlo. Éramos dos discapacitados para los sentimientos. Desde que estoy aquí tengo la impresión de que he aprendido a hablar, a decir, incluso a escribir mejor, te habrás dado cuenta al leerme. Pero no es que hable con alguien, es que por fin hablo conmigo, ¿comprendes? He dejado de mentirme. He encontrado mi secreto, aunque todavía no soy capaz de confiártelo, pero sé que un día podría, si ese día llegara. Nunca se sabe lo que nos reservará el futuro.

El día de nuestra boda tuve un mal presentimiento. Pensé que todo estaba echado a perder desde el principio. La vida me dio la razón. Podría, debería haber cambiado el curso de las cosas, porque siempre se puede, no quiero creer en el destino ni en todas esas tonterías del tipo «estaba escrito». No, no me da la gana. Los dos somos culpables, los dos hemos construido nuestro fracaso. Vidas de presidiarios, cada cual la suya, eso hemos vivido. Sé que el amor es algo que les pasa a los demás. Que solo está en las revistas y en las telenovelas. Nos decimos que, con un poco de suerte, el viento cambiará y nos será favorable. Por supuesto que el viento no cambia, pero podemos sentir su fuerza si no estamos demasiado cerrados. Así era nuestro amor, no es que fuera muy lucido, pero al menos parecía algo, los días pasaban, tuvimos dos hijos, una casa, pocos sueños, es verdad, pero ¿quién puede soñar a lo grande hoy en día? No supimos atraparlo a tiempo, no lo vimos. Éramos indiferentes a la felicidad. No teníamos tiempo para ella.

Aquí soy como una niña, quizá sea esto lo que me gusta. A veces me digo que voy a reconstruir lo que he estropeado, destrozado. Que tal vez tenga todavía una oportunidad. Y, ¿sabes?, si no la tengo tampoco es tan grave, después de todo ya no tengo veinte años, mis años han quedado atrás, no fueron ni buenos ni malos, no fueron nada, y sin embargo eran cuanto tenía porque eran años contigo.

Cuando te fuiste, volví a recordar el verano de mis quince años. Tenía frío, pero sentía mi piel caliente, como si todavía alguien me estrechara entre sus brazos y me amara a su manera.

Cuando te fuiste, no dije nada, ni siquiera lloré. Hice como si tal cosa. Seguí adelante por los chicos, tal vez un poco también por mí. Mi trabajo me importaba mucho, era lo que me hacía fuerte, no podía venirme abajo. No tenía derecho a ello ni tampoco la posibilidad. Todo el mundo se burla de la tristeza de los demás. Los trae sin cuidado. Hay que seguir avanzando, si no te hundes, y yo no tenía derecho a hundirme.

Nunca te he preguntado si habías encontrado a alguien, si me habías reemplazado ya, aunque nunca se reemplaza totalmente a nadie, en principio todos somos únicos. No obstante, supongo que lo has hecho, porque necesitabas sentir que existías en los ojos de otra persona. Tú y yo apenas teníamos ya relaciones físicas, y eso que yo podría haber tenido más. Follar contigo no era un problema, nunca lo fue, al menos al principio. Me dabas placer. No digo que gozara todas las veces, pero disfrutaba dándotelo a ti. Se me hace raro escribirte esto. No se puede vivir sin deseo, no es posible. Me pregunto, además, si el amor y el deseo irán de la mano, como dos amigos, o incluso como dos enemigos, alimentándose mutuamente o diferenciándose el uno del otro, pero ¿cómo saberlo, cómo acertar? ¿Lo sabes tú, amor mío? Yo no sé si es posible diferenciarlos. Para los hombres tal vez sí, para nosotras, las mujeres, es imposible. Tampoco sé por qué. Quizá sea miedo a que nos tomen por putas. Nunca he sido una puta. Nunca te he engañado. Cuando te fuiste no busqué tener un encuentro con otro hombre. No tenía ganas, es más, ni siquiera se me ocurrió. El agua de la ducha me hacía daño. El aire que respiraba me hacía daño. Mis manos al volante del coche me hacían daño. La casa sin ti me hacía daño. Volver a verte con nuestros hijos me hacía daño. Mi vientre sin ti me hacía daño. Estaba sin pasado, pero no concebía el futuro. El tiempo había dejado de existir, y sin embargo yo ni siquiera tenía ganas de deshacerme de todo, de dejarlo, de apartarme al arcén de la carretera, lo cual te confieso que habría sido preferible. Pero no sé abandonar y tampoco quería abandonar. Entonces ocurrió lo de esa noche con Andrieu y, visto ahora con perspectiva, puedo decirte, sin que me importe que te sorprenda, que habría preferido acostarme con él y situar al mismo nivel la relación de dominador y dominada que hasta entonces él y yo teníamos. Lo peor de la historia es que yo acabé por ser la dominadora. Me había vuelto más fuerte que él. Me había convertido en alguien peor que él. Volvía a casa todas las noches con rabia. Y no podía hablar con nadie de esa rabia. Entonces la rabia fue ganando terreno y acabó por explotar. Podría haberte llamado, habértelo contado todo, pero ya no tenía ganas. Te imaginaba con otra. Y no podía reprochártelo. Tenías todo el derecho del mundo, al fin y al cabo nadie pertenece a nadie. Por otra parte, no había nada de malo en imaginarte con otra. Era como mirar un cuadro desde lejos. Te imaginaba un poco tímido con una mujer más joven, porque para nuestra edad ellas siempre son más jóvenes, es lo típico. Sería alguien a quien invitaste a tomar una copa, la acompañaste a su casa. No te atreviste a cogerle la mano, todavía eras el hombre de otra mujer, de tu mujer, y sobre todo eras un padre. La llamaste temprano por la mañana, le deseaste un buen día, esperaste todo el día a que ella te llamase, pero ella nunca te llamó, los jóvenes son así, difíciles. Un día le propusiste cenar juntos, le ofreciste un kir royal para empezar, te pediste su plato preferido aunque no fuera el tuyo, bebiste un poco de vino, luego, entre ebrio y alegre, le confesaste que te sentías bien con ella, aunque eso no sonaba muy convincente porque acababas de salir de otra historia. Eras paciente, disponías de todo tu tiempo, aunque habías perdido mucho de ese tiempo conmigo. Pensabas que las mujeres son un misterio, pero que finalmente acaban por ceder, porque en tu cabeza y por tu educación estabas convencido de que una mujer siempre necesita a un hombre, sobre todo a un hombre fuerte, lo que tú eres, como yo te decía a menudo al ver tus hombros, tu voluntad, tu rigor en ese curro de mierda que tenías, pero que te había permitido pedir un crédito, comprar una casa, un coche, ir de vacaciones a la playa, no con frecuencia pero sí lo suficiente como para que los chicos lo recordaran y te lo agradecieran, en fin, proteger a tu familia aunque ya estuviéramos a salvo. A fuerza de perseverancia notaste que la chica cedía. Sutil y lentamente, pero ocurrió. Entonces era ella la que se adelantaba a tus llamadas, la que te llamaba durante el día, te escribía mensajes con «Te echo de menos. Creo que me estoy enamorando de ti aunque no debería». Ocupaba poco a poco tu territorio y tú ocupabas el suyo. Luego, una noche, acabaste por invitarla a tu casa, no es muy grande, pero es tu casa, bastante es para el crédito que todavía te queda por pagar, tu miserable sueldo y la pensión que has de pasar por tus hijos, pero te compensa porque eres libre. Al principio, ella no se quedaba a dormir y tú lo comprendías. Sabías que a ella le gustaba que tú la comprendieras. Y luego, un viernes, ella se presentó por la noche con una bolsa más grande que otras veces y entonces entendiste que se quedaría a dormir y tal vez a pasar todo el fin de semana, lo cual era una victoria para ti, pequeña pero ya bastante grande, un pie puesto en el futuro, un futuro sin mí con el que tanto habías soñado. Y tenías razón, ella se quedó. Tenías un poco de miedo porque las mujeres dan miedo, son complicadas, cada cuerpo es diferente, cada una funciona a su manera, no hay reglas, no hay instrucciones de uso, hay que acertar y si no se acierta luego es más complicado. Por el amor. No quisiste encender la luz, no quisiste ver su cuerpo ni que ella viera el tuyo, estabas a punto de borrarme, pero esto te dio pena porque eres un nostálgico y un sentimental.

Os besasteis y pensaste en nuestro dormitorio, en nuestras noches de hastío y a veces alegres, cuando decidíamos romper la rutina de la costumbre, pero dudo que entonces te fijaras en mi cara o en mi piel, en todo caso pensaste en nuestras costumbres y no te gustaban, cerraste los ojos, apagaste la luz y te pusiste encima de ella como si fuera una isla virgen, sin ningún vínculo con tu pasado, en la que anclaste y volviste a nacer. Reísteis, comisteis, cenasteis, volvisteis a hacer el amor, unas veces te empalmabas mucho, otras menos, pero eso no era grave, no os importaba demasiado, además ella repetía de vez en cuando lo de «No te preocupes, son cosas que pasan». Lo que más te gustaba era besarla largo rato, como un adolescente en sus comienzos, tu cabeza le daba mil vueltas a todo y lamentabas los días que habías perdido por haberte quedado conmigo durante tanto tiempo. Luego despediste al adolescente y te convertiste en un hombre, pero en un hombre al que yo ya no conocía. Empezaste a ir por la calle con ella cogidos de la cintura, le regalaste flores un día que fuiste a buscarla a la salida de su trabajo, la llevaste a una casa rural en medio de las colinas y le soltaste eso de que te gustaría mucho rehacer tu vida, si es que la vida puede rehacerse, pero eso, tú y yo, sabemos que no pasa. Ella te creyó y te cree aún, y todos los días, cuando la miras, rezas para que no se encuentre con la tristeza que devoraba mis ojos, porque es esa puta tristeza que tú nunca has comprendido, y de la que nunca te he hablado, la que lo ha quemado todo. Estate tranquilo, vive tu vida, esa tristeza es solo mía y, fíjate, mientras te escribo me gusta que exista, porque eso quiere decir que yo también sigo existiendo.